세상이
멈추자

당신이
보였다

세상이
멈추자

당신이
보였다

이향규 지음

창비

차례

2부

반 발짝 벗어나면 보이는 것

3부

'대부분'이라는 게으른 표현

2020년과 2021년에 쓴 글이다. 코로나 19가 전 세계를 쑥대밭으로 만든 해다. 팬데믹, 봉쇄, 방역, 거리 두기 같은 사회상이 직접 혹은 간접적으로 배경이 되었다.

이곳은 영국이다. 한국과는 그동안 물리적으로도 심리적으로도 멀었다. 팬데믹으로 새로운 삶의 방식이 '뉴 노멀'이 되면서, 뜻하지 않게 가까워졌다. 온라인 소통이 활발해지는 바람에 아득한 공간이 접혔고, 비슷한 고통을 겪는 동안 인류 안에서 동병상련하는 마음도 생겼다.

두 사회가 이 전대미문의 상황을 헤쳐 나간 방식은 크게 보면 비슷하지만 자세히 보면 다른 점이 적지 않았다. 최종적인 대차 대조표에서 어느 편이 더 잘했는지는 기준을 무엇으로 정하는지에 따라 다를 것이다. 방역을 기준으로 하면 한국이 훨씬 더 잘했다. 한국은 사람들의 목숨을 잘 지켜 냈다. 하지만 삶을 지켜 내는 것은 다른 문제일 수도 있겠다.

'교육'에 대해 쓰려고 했는데 어떤 글은 딱히 그렇다고 하기 어렵다. 오히려 내가 '학습'한 것을 말했다는 편이 맞겠다. 사람들을 관찰하고, 아이들과 이야기하고, 오래된 기억을 반추하고, 내 마음을 돌아보면서, 새로운 세대를 길러 내는 것이 과연 어떤 일인지에 대해 새로 혹은 다시 배운 것들을 적었다. 『한겨레21』에 연재했던 글에 추가로 몇 편을 더했고, 총 3부로 나눠 묶었다.

1부는 팬데믹 상황에서 우왕좌왕하면서도 사람들이 어떤 '선택'을 해 나갔는지에 대한 것이다. 일상은 일단 멈췄고, 교육 정책 결정권자들은 대안을 찾아야 했다. 어떤 결정은 현명했고, 어떤 것은 어리석었다. 무엇이 좋은 선택이었는지 당시에는 알기 어려웠다. 그러니 후일의 평가자는 잘잘못에 집중하기보다는 교훈에 주목하는 것이 공정할지도 모른다.

2부는 '성장'에 대한 이야기이다. 딸이자 친구이자 내 가장 좋은 선생님인 우리 아이들의 경험이 자주 등장한다. 한국에서 태어나 자라고, 영국에서 교육받고 성장하는 애린이와 린아를 곁에서 보면서 내가 알게 된 것들이다. 이들이 늠름하게 자라는 데는 영국 교육의 도움도 있지만, 한국에서 배운 것도 적지 않다. 어쩌면 한국에서 배운 것이 더 근본적일 수도 있다.

마지막 3부는 '반성'이다. 세상이 멈추자 더 무거운 짐을 지게 된 사람들이 있었다. 어떤 이는 이미 그전부터 '비정상적인' 삶을 살고 있었는데, 사회가 '정상적'으로 돌아갈 때는 그들이 눈에 잘 보이지 않았다. 이 난리를 겪으면서 어렴풋이 알고 있었던 것이 분명해졌다. 젊은이들이 나를 가르쳤다. 그래서 희망적이다.

2020년과 2021년. 잊지 말아야 할 시간을 내 자리에서 기록했다.

- 영어의 한글 표기는 '국립국어원'의 '외래어 표기법'을 준수하였습니다.
- 영국의 학제는 초등학교(Primary School) 6년, 중등학교(Secondary School) 5년, 고등학교(College) 2년, 대학교(University) 3년으로 되어 있습니다. 이 책에서는 번역어(국어)를 중심으로 표기하였습니다.

1부

지구의
스위치가
꺼진 날

학교에 가지 않고
시험도 보지 않는다

2020년 3월 18일 수요일 저녁, 영국 정부는 두 가지 중대한 결정을 긴급 발표했다. 첫째, 이틀 뒤부터 영국 모든 학교의 등교 수업을 중단한다. 둘째, 올해 대입 시험을 포함해 모든 국가 고시를 취소한다. 전격적이었다.

코로나 19 바이러스 초기 진압에 실패했기 때문이다. 불과 한두 달 전만 해도 뉴스는 코로나 19 상황을 강 건너 불구경처럼 보도했다. 뉴스에서는 주로 중국, 한국, 일본 소식을 전했다. 다 먼 나라 얘기였다. 그러다가 3월 들어서부터 심상치 않아졌다. 이런 식이었다.

"현재 영국 내 확진자는 2천 명입니다. 그런데 이는 검사자 중 양성 반응을 보인 사람이고 실제 감염자는 이보다 몇 배 더 많을 것으로 추산합니다. 2만 명에 이를 수도 있습니다."

내 평생 이렇게 부정확한 숫자를 보도하는 뉴스는 처음 들어 봤다. 공식적으로는 2천 명인데 실상은 2만 명일 수도 있다니. 검사를 제대로 하지 못하니 정확한 감염 상황을 파악할 수 없었다. 감염 경로도 모르고 격리 등 필요한 조치도 할 수 없었다. 바이러스는 속수무책으로 번졌다.

정부 발표 다음 날, 아이들은 교복을 입고 마지막 등굣길에 나섰다. 앞으로 학교에 가지 못한다. 언제 다시 갈 수 있을지는 기약이 없다. 이 상태에서 여름 방학을 맞게 될 것이다. 이번 학년은 그렇게 엉겁결에 끝날 것이다. 오후가 되자 아이가 학교 사물함에 보관했던 자기 물건을 챙겨 들고 돌아왔다. 선생님들은 학생들에게 작별 인사를 하며 울었고, 아이들도 같이 울었다고 했다. 그 이야기를 전하면서 막내 린아는 다시 입술이 떨리고 눈이 붉어졌다. 린아는 이렇게 황황히 중학교를 졸업하는 것을 속상해했다. 큰아이 에린이도 이렇게 흐지부지 고등학교를 마쳤다. 졸업식도 졸업 파티도 다 취소됐다. 삶의 크고 작은 의례를 챙기기에는 지금의 상황이 너무 심각했다.

국가 고시를 취소한 것은 이해할 수 있는 일이었다. 영국에서 GCSE(General Certificate of Secondary Education의 약자로 중등 교육 자격시험이다. 중학교 교육에서 어떤 과목을 어떤 수준으로 성취했는지를 보여 준다.)와 A 레벨(Advanced Level의 약자로 일반계 고등학교 졸업 수준을 증명하는 자격시험이다. 대학 입학에 필요하다.) 시험은 통상 5월과 6월에 치르는데, 팬데믹 상황은 단기간에 호전되지 않을 것이 분명했다. A 레벨 성적은 대학 입학에 가장 중요한 평가 자료라, 이 시험이 취소된 것은 비유하자면 한국의 수능 시험이 취소된 것과 비슷했다. 당장 아이들의 진학에 영향을 주는 일이었다. 우리집은 올해 린아가 GCSE 시험을, 애린이가 A 레벨 시험을 볼 예정이었다. GCSE 성적이 있어야 고등학교에서 A 레벨 이수 과목을 선택할 수 있고, A 레벨 성적이 있어야 대학에 입학 서류를 내는데, 시험이 취소되면 성적을 어떻게 받을수 있을까? 정부는 대안을 모색해서 학생들이 자격을 취득하는 데 불이익이 없도록 하겠다고 했다. 국가 고시가 사라진 자리에 어떤 대안이 가능할까?

필수 인력의 자녀는 학교가 맡아 보호한다

정부는 휴교를 선언하면서 예외를 남겼다. 최전선에서 바이러스와 싸우는 필수 인력(Key Workers)의 자녀와 사회적 도움이 필요한 취약 아동은 등교할 수 있다고 했다. 필수 인력은 의사, 간호사, 의료 지원 인력, 사회 복지사, 교사, 돌봄 노동자, 식료품 유통 및 판매업자, 배달 노동자, 중앙 정부와 지방 정부 공무원, 경찰, 소방관, 군인, 대중교통 기사, 가스·전기·상하수도·인터넷·통신 기사, 성직자, 언론인 등이었다. 이들의 자녀는 학교에 갈 수 있었다. 논리는 이렇다. 이들은 지금 이 전투에 가장 필요한 핵심 인력인데, 학교가 문을 닫으면 이 사람들이 자녀를 돌보느라 제대로 일할 수 없다. 반대로 이 사람들이 무리해서 일하면 그 자녀는 안전하게 보호받기 어렵다. 그러므로 학교는 이 아이들을 돌보는 일을 멈춰서는 안 된다. 학교가 보호해야 하는 또 다른 집단은 특수 교육이 필요한 장애 학생이나 특별한 돌봄이 필요한 취약 계층 학생이었다. 학교가 문을 닫으면 제대로 보호받기 어려운 아이들이었다.

봉쇄로 인적이 드문 거리에 교복을 입은 학생들이 보였다. 이들은 팬데믹 기간 내내 학교에 나섰다. 그러나 영국

의 상황을 전하면서 '학교가 문을 닫았다.'라고 말하는 것
은 반만 맞는 말이다. 이곳의 학교는 그동안 한 번도 완전
히 문을 닫지는 않았다.

국가 대신 교사가 평가한다

3월 19일, 교육부 장관은 이렇게 말했다.

"우리는 학생들이 이 시험을 위해 얼마나 열심히 준비했
는지 압니다. 그 노력을 충분히 고려해 자격을 주는 합리적
인 방안을 내일 발표하겠습니다. 대안 마련을 위해 수석 교
사 노조, 대학들과 긴밀히 협의했습니다."

이튿날 그 대안이 발표됐다. 골자는 이렇다. 성적은 '만
약 시험을 정상적으로 치렀다면 학생이 받았을 점수를 예
상해서' 학교의 과목 담당 교사가 정한다. 교사가 학생의
평소 과제 점수, 국가 모의고사 성적 등을 근거 자료로 활
용해 예상 점수를 정하고 이를 시험 위원회에 제출하면 시
험 위원회에서 검토한 뒤 최종적으로 자격 및 시험 관리청
(OFQUAL)이 성적을 확정하겠다고 했다. 학생이 최종 성적
에 만족하지 않는 경우 재심을 요청할 수 있고, 이후 시험
이 재개되었을 때 다시 응시할 수도 있다. 어쨌든 대안의

핵심은, 일단 과목 담당 교사가 학생들의 성적을 준다는 것이다.

한 교사 단체 대표는 인터뷰에서 이렇게 말했다.

"우리는 학생들에게 공정한 성적을 줄 수 있도록 최선을 다할 것입니다. 교사는 자기 과목의 전문가이고, 시험의 모든 평가 요소를 낱낱이 아는 사람들입니다. 우리는 학생들을 가장 잘 알고, 그들의 성취를 정확하게 평가할 수 있는 경험과 능력을 가지고 있습니다."(ITV 뉴스 리포트, 3월 20일.)

그 뒤에 생략된 말은 '그러니 걱정하지 마시라.'일 것이다. 나도 그렇게 믿는다. 그래서 두 아이의 성적도 그리 걱정하지 않았다. 우리 아이를 가르친 선생님들은 이 아이들이 마땅히 받게 될 점수를 줄 것이고, 그 점수는 실제 시험에서 받았을 성적과 크게 다르지 않을 것이다.

언뜻 이런 생각이 스쳤다. 만약 한국에서 수학 능력 시험을 치르지 못하는 상황이 온다면, 교육부는 어떤 대안을 찾을 수 있을까? 한국에서도 교사에게 학생들의 성적을 매기는 권한을 줄 수 있을까? 교사의 전문성과 공정성을 믿어줄 수 있을까? 영국과 한국의 교육 제도와 문화가 다르니,

영국 교육에 좋은 점이 있다고 해서 한국에 그대로 적용할 수 없고, 그 반대의 경우도 마찬가지다. 그래도 나는 영국 교육부의 결정을 보면서, 이 사회가 교사에게 학생 평가를 맡길 수 있는 것이 부러웠다. 이런 기본적인 신뢰가 재난 상황에서 교육이 혼란과 파국으로 치닫지 않게 하는 안전망이 되는 것 같았다.

전원을 껐다 켰을 때 교육은 어떤 모습이 될까

3월 23일, 영국 전역은 마침내 봉쇄되었다. 식당도 카페도 술집도 극장도 교회도 대부분의 일터도 다 문을 닫았다. 우리도 집에 갇혔다.

돌연 세상이 멈췄다. 어쩌면 강제로라도 멈추는 게 필요했는지 모른다. 기계가 잘 작동하지 않을 때 사람들은 흔히 전원을 껐다 켠다. 어떤 문제는 단지 그것만으로도 해결이 된다. 언젠가 이 사회의 전원을 다시 켤 때, 그동안 마지못해 끌고 왔던 여러 잘못된 관성을 멈추고, 우리가 살고 싶은 모습으로 삶을 다시 세팅할 수 있을까? 그런 사회는 어떤 모습이어야 할지 상상력과 지혜를 모을 수 있을까? 그랬으면 좋겠다. 그리고 혹시 교육 문제와 관련해 고민하는

사람이 있다면, 내 생각을 찬찬히 나누고 싶다. 일단 지금
은 멈춘 기계가 완전히 고장 난 것이 아니기를, 전원을 켜
면 다시 작동하기를 바라는 게 순서이겠지만.

2020년 4월 6일

사는 곳으로
성적이 결정됐다

이 전례 없는 시대에 벌어지는 일은 다 거대한 '사회적 실험' 같다. 일부러 계획해서 한다면 이 막대한 비용과 혼란을 감당할 만한 국가는 하나도 없을 것이다. 그러나 지금은 거의 모든 나라가, 사회 각 영역에서 크고 작은 실험을 한다. 코로나19로 국가 고시를 볼 수 없게 되자 영국 정부가 대안으로 마련한 방법과 그 이후에 계획을 수정해서 인공지능 알고리즘이 개입하게 된 과정, 그로 인해 발생한 예기치 않은 결과와 그 후속 조치까지도 마치 사회적 실험 같다. 애초 계획은 실패했다. 대신 그 실패는 다른 과제를 알려 줬다.

교사가 평가하기로 했는데

2020년 3월 영국 정부는, 올해 GCSE와 A 레벨 시험을 취소하는 대신, 학생을 가르친 담당 교사가 '시험을 치렀다면 이 학생이 받았을 만한 점수'를 제출한 뒤 그것을 기준으로 공인 성적을 주기로 했다. 교사들은 여러 자료를 활용해서 학생들의 점수를 매겨 제출했다. 8월에 학생들은 최종 성적표를 받았다. 그런데 예상치 못한 일이 벌어졌고, 이 시험 결과를 둘러싸고 영국 사회는 한동안 큰 홍역을 치렀다.

영국에서는 단계별 교육 과정을 마칠 때마다 국가 고시를 본다. 이 시험은 모두 '자격'시험이다. GCSE는 중학교를 졸업할 때 보는 시험으로, 성적은 과목마다 1점에서 9점까지이다. 4점 미만이면 낙제다. 낙제해도 졸업은 할 수 있지만 그 과목의 자격증은 못 받는다. 영어와 수학 GCSE 자격증이 없으면 진학과 취업에 어려움이 많다.

일반계 고등학교를 졸업할 때는 A 레벨이라는 시험을 본다. 보통 세 과목을 보는데 학생이 선택할 수 있다. 고등학교에서는 2년 동안 이 선택한 과목만 깊이 공부하면 된다. 대학에 가려면 A 레벨 성적이 필요하다. 명문 대학에 들어가려면 보통 세 과목 모두 A를 받아야 한다. 대학 입학은 9월이고 A 레벨 성적은 8월에 발표되기 때문에, 대학에서는 보통 교사가 평가한 '예상 성적'으로 입학생을 조건부로 미리 선발해 놓고 나중에 공식 성적이 나오면 합격을 최종 확정한다. 모든 것이 정상적으로 되었다면 올해도 이 과정을 거쳤을 것이다.

8월 13일, 고등학교 졸업생들이 최종 A 레벨 성적을 받았다. 그런데 자격 및 시험 관리청으로부터 받은 이 공식 성적이 애초에 담당 교사가 매긴 성적보다 낮아진 경우가 전체 학생의 40%나 되었다. 더 큰 문제는, 예상보다 낮은 성적을 받은 학생 대부분이 가난한 지역 공립 학교 학생이라는 것이었다. 엘리트 사립 학교 학생들의 성적은 큰 차이가 없거나 더 높아진 경우도 있었다. 9월 대학 개강을 앞두고 조건부 입학 허가를 받은 학생들의 최종 입학이 취소되는 사례가 속출했다. 사회는 큰 혼란에 빠졌다.

'변별력'을 높이기 위해 인공 지능을 도입한 영국 정부

애초 계획대로 교사의 평가를 따랐으면 좋았을 텐데, 보수당 정부가 '성적 인플레'를 우려해 계획을 수정한 것이

화근이었다. '교사는 아무래도 인정상 자기 학생의 성적 등급을 관대하게 매길 것이다. 그러면 전반적으로 성적이 올라가고, 실력에 따른 변별이 흐려질 것이므로 A 레벨 성적으로 입학생을 뽑는 대학은 우수 학생을 유치하기 어려워지고, A 레벨 시험의 권위가 떨어질 수도 있다.'라는 주장이 제기되었다. 다분히 엘리트주의적 발상인데, 평가의 가장 주요한 기능이 '변별'이라고 여기는 사람들은 성적 인플레를 큰 재앙으로 여겼을 것이다. 그래서 정부는 이런 결론을 도출했다. '학교 차이가 엄연히 존재하는데, 교사의 평가를 그대로 쓸 수는 없다. 교사가 준 성적에 학교 변인을 넣어 통계적으로 조정하자. 그래서 예년의 성적 분포와 일관성을 유지하고, 학생들에게 자기 수준에 맞는, 객관적으로 정확한 등급을 주어야겠다.' 그래서 만든 것이 성적 예측 알고리즘이다.

자격 및 시험 관리청은 각 학교에, 교사가 매긴 학생의 평가 등급뿐만 아니라, 같은 등급을 받은 학생들의 석차를 표시해서 제출하라고 했다. 예컨대 A를 받은 학생이 열 명이면 1부터 10까지 일련번호를 매기는 것이다. 여기에 해당 학교의 지난 3년 동안 A 레벨(혹은 GCSE) 성적 자료를 투입해 알고리즘을 만들어서 최종 값을 조정했다. 단순화시켜 말하자면, 예년에도 해당 과목 A를 받은 학생이 열 명 정도인 학교의 경우 열 명 모두 A를 인정해 주지만, 통상 다섯 명밖에 없었던 학교의 경우에는 아무리 교사가 A를 주었더라도 6등 밖 아이들은 B가 되는 것이다. 이렇게 학교 변수가 개별 학생의 성적에 결정적으로 영향을 미치게 되었다. 지난해까지 학업 성취가 낮았던 학교에 다닌다는 이유로 교사의 평가보다 더 낮은 등급을 받은 학생들이 대거 생겨났다. 실제 가장 큰 피해를 본 학생들은 학업 성취가 낮은 학교에 다니는 영리한 학생들이었다.

학생들의 시위와 교육부 장관의 사과

성적이 발표되고 이틀 뒤인 주말, 런던에서 고등학생들의 대규모 항의 시위가 있었다. 그들은 팻말에 이런 말을 적고 행진했다. '이건 계급주의다', '가난함≠멍청함', '사는 곳이 나의 성적을 결정하지 않는다', '공립 학교에 정의를!', '선생님이 제일 잘 안다', '보수당이 아니라 교사를 믿어라'.

노동당도 보수당 정부를 거세게 비난하며, 알고리즘이 바꿔 놓은 성적을 폐기하고 원래 교사가 준 평가로 돌아가

야 한다고 주장했다.

반대 여론이 거세지자, 교육부는 당장 월요일에 '정책 유턴'을 선언했다. 알고리즘 성적을 폐기하고, 교사가 채점한 성적을 인정했다. (단, 알고리즘이 준 성적이 더 높은 경우는 그대로 두었다.) 8월 20일 발표하기로 한 GCSE 성적도 컴퓨터가 조정한 성적을 폐기하고 교사가 평가한 성적을 인정하겠다고 했다. 교육부 장관은 국가가 젊은이들에게 준 상처와 혼란에 대해 사과했다. 이 사태에 책임을 지고 자격 및 시험 관리청 알고리즘 책임자는 사임했다. 꼬리 자르기라는 비난이 일었다. 자격 및 시험 관리청 책임자와 교육부 장관이 사임해야 한다는 여론도 높았다.

결과적으로 '성적 인플레'가 오긴 했다. GCSE 시험의 경우, 2019년에는 7점(A) 이상을 받은 학생이 전체의 20%였는데 올해는 25%가 되었다. 4점 미만으로 낙제한 학생은 2019년에는 30%였는데 올해는 20%로 낮아졌다. 그래도 나는 이 결정이 옳았다고 생각한다. '우수한 학생을 면밀히 가려내는 것'과 '취약 계층 학생이 부당하게 낮은 성적을 받지 않도록 하는 것' 사이에 하나를 선택해야 한다면, 후자가 훨씬 교육적이다.

알고리즘이 드러낸, 감추고 싶은 현실

일단은 해피엔드이다. 학생들은 불의한 현실에 저항했고 이겼다. 정부는 사과했고 학생들은 대부분 평소보다 좋은 성적을 받았다. 사람들은 알고리즘이 기존 학교 데이터를 종합해서 개별 학생의 성적을 '결정'하는 이 디스토피아적 상황을 경험하면서, 우리가 어떤 세계에 살고 있는지를 새삼 실감했다. 그리고 '유턴'을 지지했다. 유턴해서 돌아온 자리에는 '사람(교사)에 대한 신뢰'가 있었다.

한편, 사람들은 교육과 관련한 계층 불평등 문제에 다시 주목하게 됐다. 사실 알고리즘이 가난한 학생들의 성적을 낮게 준 것은, 없는 일을 만들어 낸 게 아니라 그동안 감춰져 있던 현실을 차갑고 분명하게 드러낸 측면이 있다. 실제 그들의 성적은 상대적으로 낮다. 더욱이 그들은 코로나 19로 인한 학습 결손의 피해도 가장 심각하게 겪고 있다. 저소득 계층의 교육 지원이 중요한 이슈가 되었고, 교육에서 정의·공정·평등의 문제가 다시 제기됐다. 그걸 푸는 것은 알고리즘이 아니라 사람들의 몫이다. 어려운 과제다.

2020년 9월 14일

수능은
좋은 시험이어야 한다

"팬데믹에도 멈추지 않은, 인생을 건 시험." ―「BBC」

"바이러스가 재확산됨에도 한국은 대입 시험을 친다."

―『워싱턴 포스트』

"대입 시험을 아홉 시간 동안 본다. 코로나 19가 그 시험을 더 어렵게 만들었다." ―『뉴욕 타임스』

"한국인들은 코로나 19 확산에도 앉아서 대입 시험을 친다." ―「알 자지라」

2020년 12월 3일, 주요 외신은 이런 제목 아래 한국의 2021학년도 대학 수학 능력 시험에 대해 제법 긴 기사를 내보냈다.

이렇게까지 해야 하나

대단한 일이긴 했다. 감염병이 대유행하는 상황에서 학생 49만 명이 한날한시에 실내에서 시험을 봤다. 거의 '모든' 학생에게 시험 볼 기회를 주었다. 열이 나거나 기침하는 학생은 물론, 자가 격리 중인 학생 400여 명도, 심지어 확진자 40여 명도 의료진을 대기시킨 채 시험을 봤다. 방역을 위해 책상 49만 개에 아크릴 칸막이를 설치했다. 플라스틱 쓰레기 대량 배출을 우려한 반대도 있었지만, 수능보다 더 중요한 것은 없었다. 이날을 위해 교육계와 방역 당국은 몇 달 동안 전쟁을 치렀다. 시험은 별 탈 없이 끝났다. 외국에서 보면 이는 놀라움을 넘어 불가사의한 일이다. '이렇게까지 해야 하나.' 하는 생각이 들 수도 있다. 그런데 이렇게 해야 했다. 우리에게는 다른 대안이 없다.

영국은 올해 대입 시험을 포함해 모든 국가 자격시험을 취소했다. 우여곡절이 있었지만 수험생들은 결국 학교 선생님의 평가로 최종 성적을 받았다. 2021년에도 국가 고시를 보지 않고 교시외 평가로 대체하겠다고 발표했다. 우리도 그럴 수 있을까 궁금했던 적이 있는데, 아무래도 어려울 것 같다. 그렇게 하면 우리 사회는 공정성 시비의 회오리 속에 빨려 들어갈 수도 있을 것이다.

2020년에는 많은 나라에서 대입(혹은 고교 졸업) 국가 고시를 조정했다. 연기하거나(한국·중국·러시아·미국·독일 등), 취소하거나(영국·프랑스·그리스·네덜란드·노르웨이 등), 축소해서(오스트리아·덴마크·이스라엘·이탈리아 등) 시행했다.(UK NARIC Special Report, 'The Effects of COVID-19 on International Secondary Assessment', May 2020.) 겨우 2주를 연기한 한국은 원래 일정과 비교해 본다면 변동 없이 치른 것과 다름없다. 그런데 만약 우리도 유럽처럼 매일 수천, 수만 명씩 감염자가 생겼다면 어땠을까? 수능을 못 보면 우리에게 플랜 B는 무엇이 있었을까?

『워싱턴 포스트』와 『뉴욕 타임스』는 "교육에 집착하는 이 나라에서" 수능은 단지 대학 입학에 국한되지 않고 취업·승진·결혼 등 앞으로의 인생에 결정적으로 중요하다고 보도했다. 「BBC」는 수능 단 하루를 위해 아주 어릴 때부터 준비하고 실패하면 몇 년이나 재도전한다고 밝혔다. 다 아는 얘기인데 이렇게 들으니 수능일 그 하루의 무게와 시험 방식의 혹독함이 새삼스러웠다.

혹독한 통과 의례

영국 학생에게 수능을 보라고 하면, 즉 하루 아홉 시간 동안 거의 휴식 없이 7개 과목에 걸쳐 210개 문제를 풀라고 하면, 더욱이 한두 개만 더 틀려도 등급이 갈린다고 하면 어떻게 반응할까?(영국에서 GCSE나 A 레벨 같은 국가 고시는 쉬엄쉬엄 거의 한 달 동안 본다.) 딸의 친구에게 물어봤다. 돌아온 대답.

"맙소사, 엄청난 정신력과 집중력이 필요하고 스트레스도 대단할 텐데 그걸 사람이 어떻게 견디나요?"

한국 학생들은 다 견딘다. 물론 강인한 정신력이 필요하다. 오랜 입시 준비로 몸과 마음을 단련해서, 초인적인 상태로 그 단 하루를 버틴다. '학력고사'를 본 나도 30여 년 전에 비슷한 경험을 했으니, 이건 세대를 초월해 한국인이라면 대부분 겪는 청소년기의 통과 의례라고 할 만하다. 극도로 어려운 과업을 수행한 뒤 공동체의 독립된 구성원이 되는, 부족의 '성년식'이 연상된다.

수능일은 확실히 '의례'라고 할 만큼 특별하다. 수년 동안 갈고닦은 실력을 겨루는 결전의 날. 수험생은 이날 최고로 귀한 대접을 받는다. 한 사람을 사회가 이렇게까지 배려하고 편의를 봐주는 날은 일생에서 이날밖에 없는 듯하다. 수험생이 수험장에 늦지 않게 관공서와 기업의 출근 시간을 늦추고, 군부대 이동을 멈추고, 대중교통 운행을 늘리고, 경찰이 오토바이로 대기하는 호강을 보통 사람들이 언제 또 누릴 수 있을까? 공정한 경쟁을 위해 항공기 운항을 중지하고 군사 훈련도 멈추는 그런 세상을 언제 다시 경험해 보겠는가. 그뿐인가. 시험이 끝나면 수고했다고 가게마다 특별 할인을 해 준다. 이날은 수험생들이 밤거리를 점령해도 다들 관대하다. 그건 오랫동안 준비한 이 하루가 얼마나 중요한지, 그걸 준비하는 것이 얼마나 고달픈 일이었는지를 모두 잘 알기 때문이다.

미래뿐만 아니라 과거도 달려 있다

외신 보도처럼 수능은 대입을 넘어 직업, 결혼, 사회적 지위 획득으로 이어지는 '미래'의 첫출발일 수 있다. 그런데 수험생의 '과거'도 수능에서 자유롭지 못하다. 고등학생, 중학생, 심지어 초등학생 때의 삶도 입시에 묶여 있다.

빠르면 초등학교 4학년쯤, 늦어도 중학교에 들어갈 때쯤부터 어린 학생의 삶은 슬슬 입시의 그늘 아래로 들어간다. 아이들이 대학에 들어갈 때까지는 아직 몇 년이나 남았고 그 사이에 어떤 변화가 있을지도 모르는데, 여러 가지를 따져 볼 새도 없이 학부모부터 입시를 준비해야 한다는 주술에 걸린다. 그러니 아이들이 아무 두려움 없이 무언가를 자유롭게 배울 수 있는 시간은 고작 유치원 1년을 포함해서 5년 남짓, 아주 길어야 7~8년인 것 같다. 나는 입시가 수험생의 '과거'에 미치는 영향이 더 두렵다.

현재의 수능보다 더 교육적인 평가 방법은 얼마든지 있다. 그동안 여러 다른 시도를 해 보기도 했다. 그러다가 경쟁의 '불공정함'이 복병처럼 튀어나오면 '국가 고시'로 회귀했다. '정시 확대'도 그런 상황이다. 우리 사회에 공정함과 신뢰가 뿌리내리지 않는 한, 수능은 중요할 수밖에 없다. 그러니 수능은 좋은 시험이어야 한다. 청소년기의 그 찬란한 시간을 몇 년씩 보낼 만한 가치가 있는 시험이어야 한다.

2021 수능 영어 시험을 풀어 봤다. 긴 지문을 읽고 한 문제를 거의 1분 인에 풀어야 하니 처음부터 마음이 허둥댔

다. 찬찬히 읽다간 망한다. 그래서 보기부터 확인하고 지문을 대강 읽고 답을 찍었다. 채점을 마친 뒤 실망스러운 점수에 출제자를 탓하게 된다. 이런 속도전이 도대체 무엇에 필요하단 말인가? 영어 시험 하나 봤을 뿐인데도 머리가 지끈거렸다. 그러니 아홉 시간 동안 마스크를 쓰고 일곱 과목을 이렇게 치른 수험생들을 '수능 전사'라고 부르는 것도 무리는 아니다. 만 열여덟 살 성년식을 힘들게 마쳤다. 모두 수고했다. 진정.

2020년 12월 21일

무지개 그리기

2020년 3월 23일, 영국 정부는 봉쇄 조치를 발령했다. 봉쇄 조치는 모두의 신체를 제약했다. 정부는 다음 네 경우가 아니면 집에 있으라고 명했다. 생필품 구입, 1일 1회 운동, 치료, 재택근무가 불가능한 필수 직종 업무를 위한 이동. 이것만이 허용되었다. 이런 이유로 외출하더라도 타인과는 2미터 거리를 유지해야 한다. 식료품점과 약국을 제외한 모든 가게가 폐쇄됐다. 나는 장기간 봉쇄에 대비해 쌀을 샀다. 김치도 담갔다.

창문에 뜬 무지개

앞집 창문에 무지개 그림이 붙었다. 초등학교 다니는 그 집 아들이 그린 게 틀림없다. 나도 무지개를 그려서 창문에 붙였다. 그 집에서 우리 집 창문이 보일 테니, 아이는 곧 내 무지개를 볼 것이다. 그 아이도 즐거웠으면 좋겠다. 한동안 집 밖을 나가지 않아서 알아채지 못했다. 창문에 무지개가 떠 있는 집이 한두 곳이 아니었다. 다들 어린이 솜씨였다.

뉴스를 보니 우리 골목만 그런 것이 아니었다. 영국 전역에 무지개가 떴다. 영국뿐만 아니라, 이탈리아 등 다른 유럽의 도시에도 창밖에 무지개가 걸렸다. 밖에 나가지 못하는 어린이들이 시작한 일이 운동처럼 번졌다. 영국 사람들은 정부 구호를 함께 붙였다. "집에 있어라. NHS(National Health Service, 국민 보건 서비스)를 지켜라. 생명을 구하라.(Stay Home. Protect the NHS. Save Lives.)" 영국 정부는 표어 만들기를 좋아하는 것 같다. 이 구호도 제2차 세계 대전 때의 유명한 말 "침착해라, 그리고 견뎌 나가라.(Keep Calm and Carry On.)"처럼 역사적인 인용문이 될지도 모르겠다.

우리 같은 평범한 사람이 지금 의료진을 돕고 생명을 구하는 방법은 돌아다니지 않고 집에 있는 것 말고는 별로 없었다. 그래도 사람들은 각자 집에 있으면서 다른 이들과 함께할 수 있는 일을 궁리했다. 감사, 격려, 연대의 의지를 보여 주는 작은 일들은 무지개 그림 말고도 여럿 있었다.

저녁 8시의 박수

박수와 환호 소리에 놀라 밖으로 나갔다. 어스름한 저녁, 집집마다 문 앞에 사람들이 나와서 힘차게 박수를 쳤다. 각자 현관 위 센서 등이 켜지는 바람에 박수 치는 사람들이 마치 무대 위 배우처럼 보였다.

뉴스에서 들은 것이 생각났다. 매주 목요일 저녁 8시 집 앞에 나와서 NHS 의료진을 지지하는 박수를 치자고 했다. 이것도 누군가가 제안한 것이 SNS를 타고 빠르게 번져서 나처럼 아날로그 세계에 사는 사람들에게조차 텔레비전 뉴스로 전달됐다. 골목 양쪽으로 길게 늘어선 집마다 사람들이 나와 박수를 치는데 의사, 간호사, 응급 요원, 앰뷸런스 기사 등 수많은 병원 근무자가 텅 빈 길 한가운데 서서 손을 흔들고 있는 것 같았다.

이웃 노인 안부 묻기

다음 날 뉴스는 전국 방방곡곡에서 일어난 이 박수갈채를 보도했다. 주택가뿐만 아니라 대형 슈퍼마켓, 소방서, 경찰서, 요양원, 심지어 해군 함정에서도 사람들은 8시 정각에 박수를 쳤다고 했다. 한국에서도 의료진을 응원하고 감사를 전하는 '덕분에 챌린지'를 한다고 들었다. 다들 막막하고 불안하지만 서로 격려하고 고마운 사람들을 챙긴다. 연대의 마음만 있으면 그것을 표현하는 방법이야 얼마든지 찾을 수 있다.

NHS는 1948년부터 운영한 영국의 무상 공공 의료 서비스다. 영국에 거주하는 사람은 모두 NHS 혜택을 받을 수 있다. 1년 예산이 1,200억 파운드(약 190조 원)가 넘는 대표적인 공공 기관이다. 그동안 영국의 공공 산업이 대부분 민영화될 때도 NHS는 살아남았지만 최근 10년 동안 보수당 정부로부터 개혁이 필요하다는 비판을 끊임없이 받았다. 그러나 사람들은 코로나19 사태를 겪으면서 NHS에 대한 애정과 신뢰를 확실히 보여 주었다. 이제 공공 의료를 축소하려는 시도는 정치적 협상 테이블에서 사라질 게 틀림없다. 우리가 얼마나 취약한 세상에 살고 있는지, 사회적 약자를 보호하는 공공 정책 없이 내 삶이 얼마나 위태로운지, 사람들은 매일 학습하고 있다.

편지함으로 인쇄한 종이 하나가 사르르 들어왔다. 우리 골목에 사는 사람들 모두에게 보내는 이웃 아주머니의 편지다. 거기에는, 혹시 몸이 아프거나 연로해서 식료품을 사기 어려우면 대신 장을 봐 줄 수 있으니 부탁하라는 당부와 함께 전화번호가 남겨져 있었다. 그리고 이 골목에 사는 사람들의 온라인 단체 대화방을 만들었으니 원하면 들어오라고도 했다.

우리 골목 단체 대화방에 들어가니, 이미 스무 명쯤 모여 있었다. 사람들은 이참에 인사를 나누었다. 자기소개를 하면서, 자기가 뭘 도와줄 수 있는지를 적었다. '나는 수학 교사인데, 혹시 아이들 수학 공부와 관련해서 물어볼 게 있으면 언제든지 연락하세요.' 이런 식이다. 거기에도, 이 골목에 혼자 사는 노인이 있는지, 그들이 지금 어떻게 살고 있는지 아는 사람이 있는지, 서로 물었다. 뉴스에선 코로나19가 기저 질환이 있는 노인들에게 치명적이라는 소식을 계속 전하고 있었다.

사회가 봉쇄되자 NHS는 전국적으로 자원봉사자를 모집

했다. 주요 활동은 노인들의 안부를 확인하고, 장을 봐 주고, 약을 배달하는 것이다. 50만 명이 목표였는데 하루 만에 신청자가 70만 명이 넘었다고 했다. 바이러스는 약자를 드러냈을 뿐만 아니라, 우리가 본래 지닌 '보살핌의 마음'도 같이 불러냈다. 인간은 이 '전대미문의' 상황을 맞아 의학과 함께 이 마음을 무기로 싸우고 있다.

이 시간이 역사가 된다면

언젠가는 이 봉쇄가 풀리고 아이들은 학교로, 어른들은 일터로 돌아가게 될 것이다. 그러면 세상은 우리가 알고 있는 '정상'으로 돌아가게 될까? 많은 사람이 코로나19 이후 세계는 우리가 아는 이전 세계와는 다를 것이라고 예측한다. '새로운 정상'이 어떤 모습일지는 어렴풋하다. 그 구체적인 모습은 우리가 이 과정을 어떻게 겪어 나가는지에 따라 꽤 달라질지도 모르겠다.

몇 년 전에 애린이가 GCSE 역사 과목 시험 준비를 하면서 '중세 시대에 흑사병은 어떻게 시작됐나, 당시 사람들은 무엇을 믿었고 어떻게 행동했나, 흑사병 이후 유럽 사회는 어떻게 변했나?'라는 질문에 답하는 긴 에세이를 쓰는 것

을 본 적이 있다. 미래 어느 시점에서 학생들은, 현대 사회
와 코로나 19에 대해 같은 질문을 받을 것이다. 그 답으로
그들은 무엇을 쓰게 될지, 궁금하다.

2020년 4월 20일

바이러스가 아니라
인류가 주인공이다

전략 시뮬레이션 모바일 게임 '전염병 주식회사'에서 주인공은 병원균이다. 게임 속에서 병원균은 팬데믹을 만들어 전 인류를 멸망시키려 한다. 마지막 인류가 죽으면 병원균이 이기고 그 전에 백신이나 치료제가 개발되면 그들이 진다. 영국 게임 개발회사 '엔데믹 크리에이션'에서 2012년에 출시한 실시간 전략 게임이다. 코로나 19로 새삼 각광받으며 2020년 초에는 여러 국가에서 모바일 유료 게임 1위를 기록했다. 중국 정부는 2020년 2월에 이 게임을 검열하고 판매 금지 처분을 내렸다.

팬데믹, 게임이라면 벌써 끝났다

린아도 이 게임을 초등학생 때 많이 했다. 게임에서는 병원균의 종류, 초기 발생 국가, 감염 경로 등을 선택할 수 있다.

"여러 가지를 생각해야 해. 어떤 병원체를 고를 것인지. 박테리아, 바이러스, 기생충, 곰팡이 뭐 그런 거 중에서 가장 효과적인 놈을 골라야지. 뭐로 옮길 것인지도 정해야 해. 공기, 물, 새, 쥐. 뭐 그런 거. 이 병원체가 뭐에 강하고 뭐에 약한지 그 특징도 알아서 잘 사용해야 해. 그 특징에 맞게 발생 진원지를 정하는 것도 중요해. 유동 인구, 국경, 항공이나 선박 같은 국제 여객 상황을 고려해서 빠르게 전파시킬 방법을 찾아야 해. 백신이 나오면 망하거든. 시간 싸움이야."

병원체가 되어 팬데믹을 만들고 인류를 절멸시키는 게임. 아이들은 거의 10년 전부터 이런 게임을 하면서 놀았다. 2020년, 게임은 현실이 되었다. 게임대로라면, 이제 백신이 개발되었으니 이번 판은 인류의 승리로 '게임 오버'다.

영국에서는 2020년 12월 8일, 한국은 2021년 2월 26일부터 백신 접종이 시작되었다. 코로나19이 위세는 크게 썪였다. 영국의 경우 백신 접종이 시작된 뒤 석 달 만에 신규 감염자 수와 사망자 수가 90% 이상 줄었다. 2021년 1월 초만 해도 하루에 신규 확진자가 6만 명, 사망자가 1,200명씩 나왔는데 3월 초에는 6천 명, 120명 수준이 되었다. 하루에 거의 50만 명씩 접종해서 지금까지(2021년 3월 13일 기준) 2,400만 명이 1차 접종을 마쳤고, 2차 접종까지 끝낸 사람도 거의 160만 명에 달한다.

남편과 나도 지난 2월 말 1차 접종을 했다. 우리 마을 쇼핑센터에 설치한 백신 접종 센터에 시간 맞춰서 갔다. 칸막이 부스마다 간호사들이 접종을 해 주었다. 감개무량한 백신 접종이어야 하는데, 정말 아무렇지도 않게 끝났다. 투명한 병에 든 투명한 액체는 순식간에 주입되었다. 다음 날 접종 부위가 욱신거리기는 했지만 하루를 넘기지 않았다. 백신을 맞았다는 것이 주는 심리적인 위안은 대단했다. 비오는 날 우산을 펼친 기분이었다. 경험한 바는 없지만, 방탄조끼를 입은 느낌도 비슷할 것 같았다.

방역, 경제, 그리고 평등

누구에게 먼저 백신을 줄 것인가는 중요한 정책 결정이

다. 접종 우선순위는 나라마다 큰 틀에서는 비슷하고, 소소한 부분에서는 차이가 있었다. 영국에서는 1단계 접종 순서를

(1) 요양원 거주 노인과 돌봄 종사자

(2) 80세 이상 노인, 의료진 및 복지 관련 종사자

(3) 75세 이상

(4) 70세 이상, 임상적으로 감염에 매우 취약한 개인

(5) 65세 이상

(6) 16세 이상 64세 이하 만성 질환자

(7) 60세 이상

(8) 55세 이상

(9) 50세 이상

인구로 정했다.

1단계 대상자의 접종이 완료되면 코로나19로 인한 사망의 99%를 막을 수 있다고 예측했다. 2단계로 그 외의 연령 집단(18세~49세)을 나이순으로 접종한다.

영국의 '백신 면역 공동 위원회(JCVI)'는 이 원칙을 따르되 지역에 따라 상황에 맞게, 특히 '건강 불평등(Health Inequality)' 상황을 고려하여 유연하게 실행하라고 제안했

다. 이를테면 인종적 소수자(BAME; Black, Asian, Minority Ethnic)가 감염에 취약하다는 것이 보고되어 사회적으로 큰 파장이 일었다. 이들이 더 감염 위험에 쉽게 노출되는 것은 팬데믹 상황에서도 배달이나 간병처럼 지속적으로 대면 노동에 종사하고, 밀집된 주거 환경에서 생활하며, 언어나 문화적인 이유로 백신에 대한 정보가 부족하거나 부정확한 경우가 많기 때문이라는 분석도 나왔다. 그래서 지자체들은 이민자들에게 백신 접종을 그들의 모국어로 적극적으로 홍보하고, 필요하면 이들을 우선 접종 대상에 포함시켰다.

'건강 불평등' 문제는 이후로도 자주 제기되었다. 영국의 의료 윤리 학회지에 실린 「코비드 19 백신의 윤리적 배분」이라는 논문에서도 코로나 19 백신 접종의 우선순위를 정할 때 기준으로 삼아야 할 것은, '바이러스로 인한 질병과 사망을 줄이는 것', '팬데믹으로 인한 추가적인 사회 경제적 부담을 최소화하는 것'과 함께 '건강 불평등을 완화하는 것'이라고 주장한다. 영국의 몇몇 도시에서 홈리스를 접종 우선 대상에 포함했다는 기사를 읽은 적이 있다. 바이러스를 잡으려면 취약한 사람들을 먼저 보호해야 한다. 그래야 이들의 감염을 막는 동시에 불특정 다수에 대한 추가 전염을 차단할 수 있다. 팬데믹 상황에서 특별히 위험에 노출된 힘없는 존재를 방치하지 않는 것, 그렇게 해야 지금 우리가 하는 일을 바이러스에 맞서는 '인류'의 싸움이라고 칭할 수 있을 것이다.

새로운 게임, 주인공은 인류다

엔데믹 크리에이션은 2020년 11월, 새로운 버전의 게임 '전염병 주식회사: 치료 모드'를 출시했다. 이번에는 반대로 인류가 주인공이다. 게임의 규칙은 병원체가 인류를 절멸시키지 못하게, 특별 대책 본부의 책임자가 되어 팬데믹 위기를 관리하고 조속히 치료제를 개발하는 것이다. 게임의 난이도는 '캐주얼, 보통, 어려움, 메가 어려움'까지 4단계 중에 선택할 수 있다. '캐주얼 모드'는 전 세계가 긴밀히 협력하고, 의료진을 응원하는 박수 소리에 질병이 달아나고, 마스크를 잘 쓰고 다니는 이상적인, 그러나 비현실적인 상황이다. '보통 모드'는 현실에 가깝다. 정치인들은 대개 무능하고 의료 체계는 미비한 편이다. 그래도 다행인 것은 사람들이 전문가의 말을 신뢰한다. '어려움 모드'는 지도자들이 과학을 무시하고, 질병에 대해 보고한 대가로 의사들이 체포되는 사회이다. 이 정도만 해도 충분히 어려운데, '메가 어려움 모드'가 있다. 최고로 어려운 이 모드에서는 사람들이 '모두 가짜 뉴스를 믿는다'.

현실은 게임보다 훨씬 복잡하지만, 게임이 현실의 단면을 보여 주기도 한다. 지금 우리가 하고 있는 게임의 난이도가 너무 높은 것이 아니라면 좋겠다.

2021년 3월 17일

꼰대가 사라져야
디스토피아를 막는다

"엄마는 너희가 살 세상이 어떤 모습일지 잘 모르겠다. 아무래도 내가 아는 세상은 아닐 듯해. 교육에 대해 글을 써야 하는데 한 줄도 못 쓰겠어. 미래가 불확실한데, 교육은 뭘 해야 하는지, 학교는 무엇을 가르쳐야 하는지."

애린이가 말했다.

"그러면 잘 모르겠다는 걸 써."

린아가 말했다.

"가르치려 하지 말자고 써."

미래는 도래하나 선택하나

많은 사람이 코로나 이후 세계는 우리가 아는 세계와는 다를 거라고 말한다. 성급한 이들은 벌써 BC(코로나 전)와 AC(코로나 후)로 시대 구분을 한다. 이런 사회를 예측한다. 인수 공통 감염병의 주기적 발생, 신자유주의 소멸, 강력한 국가 출현, 정교한 감시 체계, 비대면 접촉의 일상화, 온라인 산업, 원격 교육과 원격 의료, 새로운 계급의 등장……. 인류는 갈림길에 서 있는 듯한데 자꾸 디스토피아의 망령이 어른거린다.

인류 종말을 경고하는 사람도 있다. 이대로 가면 인류에게 22세기는 없다고, 2050년, 지구는 인류가 살 수 없는 곳이 될지도 모른다고 했다. 불과 30년 뒤의 일이다. 그때 우리 아이들은 지금 내 나이보다 젊다. 절박한 마음에 질문한다. 그런 미래는 전면적으로 '도래'하는 건가, 아니면 아직 '선택'할 수 있는 것인가?

슈퍼 히어로가 아닌 이상, 한 개인이 인류 멸망이나 디스토피아를 막을 방법은 없다. 그러나 혼자가 아니라면 가능하지 않을까. 젊은 날 한국의 민주화를 경험한 나는, 사람의 힘으로 세상을 바꾼 경험을 해서인지, 아직 집단의 힘을 낙관한다.

그런데 이번 싸움은 적어도 두 가지 면에서 달라야 한다. 첫째, 이전에는 늘 바깥에 있는 적과 싸웠는데, 이번에는 내 안의 적과도 직면해야 한다. 익숙한 삶의 방식을 돌아보고, 그동안 알고 있었는데 지키지 않은 것을 반성해야 한다. 생명(인간뿐만 아니라 살아 있는 모든 존재) 존중, 자연과의 공존, 민주주의, 소통, 협력, 연대의 가치 같은 것 말이다. 경계해야 할 건 그 반대편에 있는 것이다. 파괴, 탐욕, 착취, 낭비, 은폐, 무한 경쟁, 불평등 같은. 여러 사람이 일찌감치 주장했지만 내가 잘 듣지 않은 것들, 들었지만 절박하게 새기지 않은 것들이다. 둘째, 이번에는 어린이와 청소년이 동등한 권리를 가지고, 어쩌면 더 많은 발언권을 가지고 대화에 동참해야 한다. 그들이야말로 미래를 고스란히 살아 내야 하기 때문이다. 그래야 적어도 그들이 자신이 선택하지 않은, 지금보다 더 나쁜, 해결할 수조차 없는 세상을 억울하게 물려받지 않을 수 있다.

화살표 방향을 바꾸자

코로나 19 이후 교육 변화를 예측하면서 많은 사람이 원격 교육의 괄목할 만한 성장과 발전을 말한다. 그 세상은 다른 선택의 여지가 없는 상황에서 이미 성큼 와 버렸다. 그런데 그것 말고도 좀 더 근본적인 문제를 고민하고 풀어 내야 할 것 같다. 세상이 멈췄다가 다시 작동하는 마당에, 우리 아이들이 지속 가능한 사회에서 건강하게 살려면 무엇이 필요하고, 그것을 어떻게 마련해야 하는지에 대해 새로운 세팅을 상상해 봐야 하지 않을까. 원격 교육은 그 큰 그림 속에서 의미가 있다. 좀 더 나은 교육을 만드는 데 도움이 된다면 원격 교육이든 뭐든 얼마든지 환영한다.

학교는 다음 세대의 구성원이 모인 곳이다. 학교는 현재이자 미래이다. 나는 이제야말로 학교가 중요한 역할을 해야 한다고 믿는다. 지금까지 우리가 알던 교육 방식으로는 안 된다. 기성세대가 아는 지식과 가치를 새로운 세대에게 전달하는 방식, 사회가 요구하는 기술과 태도를 학교가 받아서 가르치는 방식, 입시 준비에 전념하는 교육 방식으로는 미래를 도모할 수 없다.

지금까지 방향과 반대로 해 보면 어떨까. '일방'적인 '가르침'이 아니라 '여러 방향'으로 움직이는 '대화'나 '탐구'를 하고, 사회 요구를 '수용'하는 게 아니라 교육의 이름으로 사회의 변화를 '요구'하는 것 말이다. 교육을 블랙홀에 빠뜨리는 입시는 사회 불평등 구조가 그대로 있는 한, 어차피 제도 교육이 해결할 수 있는 문제가 아니다. 다음 세대를 살 아이들이 자유롭게 성장하도록 하려면 '공정한 입시 경쟁'이 아니라 '평등한 사회'가 필요하다. 아이들 발목에 채운 족쇄는 그래야 풀린다.

새로운 세대가 사는 법

영국은 두 달째 '록다운(봉쇄)'이 계속되고 있다. 열여덟, 열일곱 살 된 우리 딸들도 집에 갇혔다. 아이들은 원체 집 밖에 나가기를 싫어했는데, 외출이 금지되자 가끔 슈퍼마켓에 장을 보러 가는 것도 특별한 이벤트가 되었다. '풀 메이크업' 꽃단장에 패션모델처럼 차려입고 따라나선다. 평범한 일상이 귀해졌다.

얼마 전, 애린이는 브라질 아마존 원주민을 돕는 비정부기구(NGO)에 기부하겠다고 했다. 그들은 코로나19가 발병해도 정부로부터 아무 보호를 받지 못한다고, 이건 거의 인종 학살 수준이라며 이러다 소수 부족이 멸망하고 그들의 문화도 사라질 거라고 했다. 인스타그램에서 팔로우하는 브라질 친구가 소식을 전해 주었단다. 록다운 이후, 아이는 온라인 주문을 받아 그림 그리는 일을 했는데, 그동안 번 돈을 페이팔(온라인 전자 결제)로 구호 단체에 보냈다. 아이는 우리 동네 노숙자가 걱정된다며 푸드 뱅크에도 기부금을 보냈다. 린아는 이제 육류를 일절 먹지 않는다. 원래 채식주의자가 되려는 생각이 있었는데 이참에 시작했다. 채식 레시피를 검색해 자기 음식을 직접 만든다.

이 아이들이 사는 세계는 내가 아는 세상과 다르다. 아이들은 이런 실천을 '가볍게' 한다. 온라인에서 느슨하게 연결된 사람들과 자유롭게 소통한다. 불의에 분노하고, 실천을 조직한다. 누구든 시작하는 사람이 있으면 따르는 사람이 생긴다. 그렇다고 자기 신념을 강요하지 않는다. 내 경우, 생각은 무겁고 실천은 비장하다. 그래서 지금도 디스토피아를 걱정하는 일 말고는 아무 행동도 하지 않는다. 하는 일 없이 말은 많이 한다. 가르치려는 습성을 못 버린다. 이제 내가 해야 할 것은 아이들로부터 배우고 그들이 하는 말을 잘 들어주는 일 같다. 그래, 나 같은 꼰대가 사라져야 디스토피아를 막을 수 있을지도 모르겠다.

2020년 5월 25일

바이러스와 함께
계속 이렇게 산다면

신종 코로나 바이러스가 처음 알려졌을 때만 해도, 몇 년 전에 유행했던 사스나 메르스 감염 때처럼 한동안 불편함을 겪고 나면 다시 '정상적인' 삶이 찾아올 줄 알았다. 학자들이 일찌감치 '뉴 노멀'에 대해 이야기할 때도, 이게 내 삶을 구체적으로 어떻게 바꿔 놓을지 실감하지 못했다. 타인과 거리 두기, 비대면 접촉, 온라인 산업, 원격 교육, 국경 장벽, 감염자에 대한 추적과 감시 같은, 디스토피아에 가까운 세계는 여전히 개념에 가까웠다. 그런데 이제 받아들여야 할 것 같다. 우리는 아무래도 이런 상태로 계속 살 것 같다.

그렇다면 이제 나는 어떻게 살아야 할 것인가? 철학적인 질문이 아니고, 새로운 환경에 적응하기 위한 실용적인 모색이자 내 자리에서 할 수 있는 소박한 실천에 대한 물음이다. 어쩌면 삶의 '방향' 문제인지도 모르겠다. 이 끝에 다다른 세상이 디스토피아가 아니길 바라면서, 지난 몇 달 동안 내가 찾아낸 답은 겨우 이런 것들이다.

동병상련의 마음을 갖는다

2020년 3월에 정부가 록다운을 선언하자, 한동안 사재기가 벌어졌다. 나도 당장 마트에 달려가 생수와 휴지를 샀다. 비누도 사고 싶었는데 그건 벌써 다 팔렸다. 쇼핑 카트에 가득 넣은 두루마리 휴지 다발은 숨길 수가 없었다. 맞은편에서 카트를 밀고 오던 아주머니와 눈이 딱 마주쳤다. 그이의 카트에도 휴지가 산더미처럼 쌓여 있었다. 순간 멋쩍은 웃음을 주고받았는데, 그 찰나에 일어난 소리 없는 대화는 이런 거였다. '알아요, 사재기가 당당한 일은 아니죠. 그러나 불안한데 어쩌겠어요. 록다운 걸렸는데 화장실 휴지가 떨어지면 어떻게 해요. 내 마음, 당신도 알죠?' '동병상련'의 마음이라고나 할까. 그이의 눈에도 앞으로 닥칠 일에 대한 걱정이 가득했지만, 그렇다고 타인(특히 아시안)에 대한 경계심이나 적대감이 보이지는 않았다. 나는 가끔 그 찰나의 눈 마주침이 생각난다.

표정을 잃지 않는다

영국 사람들이 마스크를 쓰기까지는 시간이 걸렸다. 처음에는 전문가들도 방송에 나와서, 마스크는 바이러스를 남에게 옮기지 않는 데는 도움이 되지만 내가 옮지 않는 데는 그다지 효과가 없다면서 굳이 안 해도 된다고 했다. 논리가 이상했지만, 문화적으로 낯선 것을 받아들이는 데는 그만큼 심리적인 저항이 따르는 것이려니 생각했다. 그러던 이곳에서도 이제는 마스크 없이는 대중교통을 이용할 수 없고, 상점, 쇼핑몰, 공공 기관, 교회 등 건물 안으로 들어갈 수 없다. 이유 없이 위반하면 1회 적발 시 100파운드(15만 원), 반복해서 위반하면 누적될 때마다 두 배가 되어서 최고 3,200파운드(480만 원)까지 벌금을 징수할 수 있다. 얼굴의 반을 가린 사람들의 표정은 읽기가 어렵다. 나도 자꾸 마스크 뒤에 숨고 싶은 마음이 든다. 이러다간 마스크를 벗을 때쯤 표정도 사라지겠다 싶어 눈으로 웃는 것을 연습한다. 표정을 잃지 않으려면 눈을 부드럽게 하는 수

밖에 없다.

마스크를 쓸 수 없는 사람을 이해한다

더러 마스크를 쓰지 않은 사람이 보인다. 그들은 대신 목
걸이를 걸고 있다. 거기에는 "나는 마스크 착용이 면제되
었습니다."라고 적혀 있다. 시누이도 그중 한 명이다. 그녀
는 천식이 있다. 정부의 가이드라인에는 11세 이하 어린이,
신체적·정신적 질환 혹은 장애 등으로 마스크를 쓰고 벗는
것이 어려운 사람, 마스크를 쓰는 것에 심각한 스트레스를
받는 사람, 얼굴이나 입술을 읽어야 의사소통할 수 있는 사
람이나 그들을 돕는 사람 등은 마스크를 쓰지 않아도 된다
고 되어 있다. 자신이 여기 해당한다고 생각하면 온라인에
서 목걸이나 배지 등을 구해서 달면 된다. 처음에는 이게
이상했다. 방역에 만전을 기해야 하는 마당에 이렇게 허술
하고 애매하게 면제를 허용하는 것이 무책임해 보였다. 지
금은 익숙하다. 마스크를 착용하라는 표어만큼이나 많이
보이는 표어가 있다. "모든 장애가 다 눈에 보이는 것은 아
닙니다." 어차피 장기전이다. 마스크를 쓸 수 없는 사람들
의 문밖출입을 금지할 수는 없다. 함께 살 수 있는 방법을

찾을 수밖에 없다.

멈추고 서서 길을 양보한다

좁은 길 맞은편에서 누가 걸어오면 일단 멈추고 비켜서서 그가 먼저 지나가게 한다. 이건 좁은 길에서 운전하는 것과 비슷하다. 길에서 마트에서 본의 아니게 2미터 공간을 침범하게 되었을 때 받은, 사람들의 짜증 섞인 눈초리를 몇 번 경험하고 나서, 내 편에서 먼저 양보하는 편을 택했다. 멈춰 서서 상대방에게 먼저 가라고 손을 내밀어 기다려 주면 대부분은 목례를 하며 감사를 표시한다. 공간을 두고 싸우느니 몇 초 기다려 주고 친절을 교환하는 편이 훨씬 더 낫다. 어차피 세상이 느리게 움직여서, 나는 바쁠 일도 없다.

가족끼리 잘 지낸다

강력한 이동 제한에 걸리자, 한집에 사는 가구원(House-hold)이 사회의 최소 단위가 되었다. 학교에 가지 않는 아이들, 일터에 가지 않는 어른들이 하루 종일 같이 시간을 보내게 되자 집집마다 천국과 지옥, 그리고 그 사이 어딘가를 경험했다. 가정 폭력 긴급 지원 전화가 폭증한 것을 보면, 지옥에 있는 사람이 적지 않은 모양이다. 우리 가족은 다행히 집에서 함께 보내는 시간이 나쁘지 않다. 영화가 큰 기여를 했다. 매일 저녁에 영화를 한 편씩 같이 본다. 식구 네 명이 돌아가면서 그날의 영화를 고른다. 우리가 영화를 보는 것처럼, 집집마다 가구원(대부분 가족)끼리 즐겁게 할 수 있는 일이 있을 거다. 함께 사는 사람과 잘 지내는 것이 더 중요해졌다. 집은, 거리 두기의 시대에 물리적 친밀함이 허용되는 유일한 공간이므로.

이웃 — 느슨한 연결을 유지하면서 서로 돕는다

이동 제한으로 멀리 사는 친구를 만날 수 없으니, 가까이 있는 사람을 친구로 사귀는 모양이다. 우리 골목 사람들은 록다운이 되자 왓츠앱(한국으로 치면 카톡) 단체 대화방을 만들었다. 이웃이 연결되니 좋은 점이 많다. 우리 집 고양이가 집을 나갔을 때도 이웃이 알려 줘서 동선이 곧 파악되었다. 투병하던 이웃이 사망했을 때는 그를 기억하는 나무 심기 기금 마련을 위해 골목 음악회도 열었다. 얼마 전에 남편이 대화방에 제안을 하나 했다. "우리 가족은 푸드 뱅크에 식료품을 기증할 건데, 혹시 동참하고 싶은 사람은 내

일 아침까지 우리 집 앞에 놓아 둔 박스에 기증품을 넣어 두세요. 같이 전달할게요." 다음 날 아침에 보니 모인 통조림이 100개가 넘고 국수, 쌀, 시리얼, 커피, 심지어 고양이 사료까지 있었다. 차에 실어서 푸드 뱅크에 갖다 줬다. 며칠 뒤에 감사 편지가 왔다. "68kg 분량의 먹거리를 보내 주신 허스트 로드 커뮤니티에 감사합니다." 편지를 공유하니 사람들은 한 달에 한 번씩 이 일을 하자고 했다. 느슨하게 모여서 즐겁게 공동체의 일을 도모하는 것, 이왕에 이웃의 문이 열렸으니 이게 뉴 노멀이 되면 좋겠다.

국가 — 약자를 돌보라고 요구한다

코로나 19를 겪으면서 우리는 '수급자'가 되었다. 남편은 지금 '유니버설 크레디트'라는 저소득자 지원금을 받는다. '개인 독립생활 연금(PIP)'이라고 불리는 장애 연금도 받는다. 곧 다른 지원금도 신청할 거다. 나는 한동안 이런 처지가 되는 것에 마음이 몹시 불편했다. 초라하고 부끄러웠다. 그런데 이제 생각이 바뀌었다. 어느 누구도 수급자가 되고 싶어 하지 않는다. 일하고 싶고, 자립하고 싶고, 건강하게 살고 싶다. 그러나 어쩔 수 없이 그게 어려운 사람들이 있다. 그건 개인 탓이 아니다. 내가 지금까지 한국에서 받은 교육은 은연중에, 개인보다 국가가 더 중요한 것처럼 가르쳤다. 그동안 나는, 내가 나라 걱정을 했지, 나라보고 내 걱정을 하라고 요구한 적이 없다. 그 생각은 틀렸다. 국가는 구성원을 위해 존재한다. 코로나 19로 국가의 힘이 더 막강해졌다. 그 막강한 국가가 우리를 감시하고 통제하도록 하지 말고, 국가에게 우리를 돌보라고 요구해야 한다. 남편이 자기 나라에 요구하는 것을 보며 생각한다. 괜찮다. 당당해도 된다.

생명 — 채식을 한다

아이들이 먼저 시작했다. 그래도 생선은, 계란은, 우유는 먹어야 할 것 같았는데, 어느덧 나도 아이들을 따라서 비건(Vegan)이 되었다. 완전 채식을 하기로 한 것은 윤리적인 선택이다. 그게 살아 있는 생명에게 좀 더 친절한 일이라고 생각했다. 또한 이게 코로나 바이러스 같은 인수 공통 감염병이 창궐하는 것을 막는 근본적인 해결책이라면 우리는 그 편을 돕기로 했다. 이런 생각을 하는 사람이 많아졌는지, 이 몇 달 사이에 대형 마트들에는 비건 코너가 세법 크게 생겼다. 두부는 이제 동네 슈퍼마켓에서도 쉽게 구할 수 있고 우유를 대신하는 콩, 아몬드, 귀리 음료 등은 어디에나 있다. 먹거리를 바꾸니 여러모로 좋은 점이 많다. 우선 식료품비가 줄었다. 건강에도 도움이 될 거다. 아이들과 같이 재료, 양념, 조리법을 연구하고 만들어 먹는 재미도 제법 괜찮다. 코로나 19 이후 생겨난 뉴 노멀 상황이 우리의 의지와 상관없이 '주어진 것'이라면, 채식은 우리가 '선택한' 새로운 정상이다.

한국에 있는 친구들은 무엇을 적을까

영국은 2020년 3월에 시작한 록다운 4단계를 석 달간 유지하다가 6월에 3단계로 완화했다. 여전히 제약이 많다. 이곳에서는 지금까지(2020년 8월 말) 33만 명 이상 감염되었고, 거의 4만 2천 명이 사망했다. 지표로 보면 감염 상황은 이곳이 한국보다 몇 십 배 더 심각하다. 워낙 감염자가 많아서 여간 크게 앓지 않으면 병원에 갈 수도 없다. 그래도 뉴스로만 보면, 한국에서 사람들이 겪는 고통이 더 힘든 것처럼 느껴진다. 한국에서 감염자는, 감염병의 피해자이자 환자가 아니라, 무책임하게 처신해서 주변 사람에게 큰 피해를 끼친 공공의 적이 되는 것 같다. 이동 경로와 함께 개인의 사생활이 낱낱이 공개되는 것을 보고 몸이 아픈 것보다 그게 더 고통스럽겠다는 생각과 함께, 그게 내가 아니라서 천만다행이라는 안도가 들었다. 게다가 대구 신천지 교회, 이태원 클럽, 광화문 8·15 집회에서 시작된 몇 차례의 집단 감염은 꼭 드라마를 보는 것 같았다. 그런데 그 배경부터 줄거리의 전개, 등장인물들과 구경꾼까지 비난, 혐오, 갈등 구조 속에서 쉽게 나오지 못한다. 바이러스만으로도 벅찬데 사회적 갈등이 뒤범벅되어 모든 사람이 고단해 보인다.

바이러스는 없어지지 않을 것 같은데 한국에 있는 내 친구들은 '사는 법 목록'에 무엇을 적고 있을지 궁금하다. 그게 너무 어렵고 긴 목록이 아니라면 좋겠다.

2020년 9월 2일

학교에서 주는
밥 한 끼의 절실함

돌봄과 교육, 지금까지 학교가 한 일은 그것이었다. 팬데믹으로 학생들이 학교에 가지 못하게 되자 그 일에 큰 차질이 생겼다. 나라마다 고민이 깊다. 아이들을 굶기지 않는 것, 모든 학생이 원격으로라도 교육받을 수 있도록 하는 것, 딱 이 두 가지만 보면 한국이 영국보다 훨씬 잘했다. 지금 여기서 벌어지는 일이 한국에서 일어났다면 '이게 나라냐!'라는 비판이 들불처럼 번졌을 거다.

방학 중에 먹을 점심 한 끼를 주는 일

이게 얼마나 돈이 드는 일이라고 이런 데서 인심을 잃을까, 안타까운 생각이 들었다. 가을 방학 일주일 동안, 영국 정부는 학교 무상 급식 대상 어린이들에게 점심 제공을 중단했다.

이곳의 무상 급식은 저소득 가정 자녀에게만 제공된다. 급식 대상자는 2020년 1월만 해도 140만 명이었는데 1차 봉쇄령 이후로 40만 명이 더 늘었다고 한다. 그만큼 가난해진 집이 많아진 것이다. 3월에 전국이 봉쇄되고 등교 수업이 중단되자, 그 아이들에게 식료품 꾸러미나 식품 구입 바우처가 제공됐다. 평상시에 무상 급식은 학기 중에만 제공된다. 그래도 록다운이 되고 당장 4월에 시작된 2주일 부활절 방학에는 무상 급식을 중단하지 않았다. 여름 방학에도 무상 급식은 계속되었다. 그건 맨체스터 유나이티드 축구 구단의 마커스 래시포드 선수가 자신도 무상 급식 대상자였다며 방학에도 계속 점심을 먹을 수 있게 돕자는 캠페인을 벌여 큰 사회적 반향을 불러일으켰기 때문이다. 문제는 그 이후였다.

10월 말, 하프 텀(학기 중) 방학 기간에 무상 급식은 없었다. 이대로라면 겨울 방학(크리스마스 휴가) 때도 학교의 점심 지원은 없을 것이다. 정부는 이미 다른 복지 시스템으로 저소득층을 충분히 지원하고 있으니, 방학 중에 아이들 끼니를 챙기는 건 보호자가 할 일이라고 해명했다. 어린이에게 지속해서 점심을 제공하는 건 학교가 해야 하는 본연의 일이 아니라고 했다. 그 말이 맞을 수도 있다. 그러나 사람들은 팬데믹 상황에 몸도 마음도 지쳤고 지금까지 우왕좌왕하는 이 정부의 무능함에 극도로 실망한 터라, 무능한데 야박하기까지 한 이들을 비판했다.

가난한 아이들이 추운 겨울, 그것도 크리스마스에 먹을 한 끼도 챙기지 않는 정부라니! 인터넷에는 풍자 밈(유행 요소를 응용해 만든 사진이나 동영상)이 떠돌았다. 보리스 존슨 영국 총리가 학교 식당에서 자기 앞에 혼자 쇠고기 정찬을 놓고 앉아 옆에 앉은 어린이에게 묻는 사진이다. "너는 왜 아무것도 안 먹니?"

자, 여기까지 한국과 비교해 보자. 일단 출발부터 다르다. 한국에선 대부분의 학교가 모든 학생에게 무상 급식을 한다. 우리 아이들도 경기도에 있는 한 학교에 다닐 때 늘 따뜻한 점심을 먹었다. 그게 얼마나 좋은 식사였는지 여기와서 알았다.

한국 학교에선 모든 아이가 양질의 음식을 평등하게 먹

는다. 방학 동안에는 지자체가 저소득층 아동에게 점심을 지원한다. 코로나 19로 원격 수업을 할 때도 그렇게 했다. 시도 교육청 결식아동 대상자는 주민 센터에서 급식 카드 나 도시락 배달 지원을 받았다. 한 끼 식사비는 5천~6천 원이다. 영국의 무상 급식 지원비는 한 끼에 2.3파운드(약 3,600원) 정도다. 비용만 놓고 보면 한국이 더 좋은 식사를 제공하는 것이다.(내 마음속에서 일어나는 이 경쟁심의 정체는 무 엇일까.) 물론 한국에도 복지 사각지대가 있다. 그래서 더 촘촘히 챙겨 봐야 한다. 하지만 어쨌든 우리는 대통령이 진 수성찬을 앞에 놓고서 굶고 있는 어린이한테 너는 왜 밥을 안 먹느냐고 묻는 슬픈 풍자를 돌려 보지는 않았다.

컴퓨터가 없는 학생들에게 기기를 지원하는 일

학교는 상대적으로 '평등한 공간'이다. 학교 안에선 아 이들이 똑같은 크기의 책상을 쓰고, 똑같은 옷을 입고, (한 국에선) 똑같은 밥을 먹는다. 학교 시설도 똑같이 이용한다. 학교가 멈추고 다들 자기 집으로 돌아가자, 어찌할 수 없는 불평등이 교육을 막아섰다. 온라인 수업만 해도 결국 디지 털 기기, 통신 환경, 독립적인 학습 공간, 옆에서 도와주는 어른이 있는지에 따라 그 질이 크게 갈렸다.

10월 말, 영국의 각급 학교에는 교육부가 지원하는 취약 계층 학생 대여용 컴퓨터가 도착했다. 그런데 본래 약속한 수의 20%만 왔다. 기사에 따르면 북런던에 있는 한 학교는 39개를 신청했는데 8개를 받았고, 블랙풀에 있는 고등학교는 81개를 약속받았는데 16개를 받았다. 에식스주에 있는 학교의 교장은 이렇게 말했다.

"우리는 원래 129개를 신청했는데 26개가 왔어요. 우리 학교는 전교생이 300명인데 그중 4분의 1이 디지털 디바이스(기기)가 없어요. 정부가 자가 격리 학생의 온라인 수업을 의무화해 놓고, 기기를 구매하는 경제적 부담을 각 가정에 지우는 일은 부당해요."(『가디언』, 10월 24일 자.)

교육부는 더 절실한 지역에 우선 배정했다고 밝혔지만, 취약 계층 아동에게 몇 달이 지나도록 컴퓨터 하나 빌려주지 못할 만큼 영국이 그렇게 가난한 나라일까 싶다.

한국 얘기를 해 보자. 2021년 4월 1일, 교육부 장관이 과학기술정보통신부 장관을 만나 원격 교육 환경 구축에 협조를 구했다. 과기정통부는 이동 통신 3사와 협의해, 스마트폰으로 데이터 사용 없이 교육방송(EBS) 등 주요 교육 사이트를 이용할 수 있게 했다. 교육부는 학교와 시도 교육청이 보유한 스마트 기기 23만 대에 더해 5만 대를 추가 구매하고, 기업에서 3만 6천 대(삼성 3만 대, LG 6천 대)를 후원받아 이를 저소득층 학생들에게 무상으로 빌려줬다. 시도 교육청은 저소득층 인터넷 통신비를 월 약 2만 원씩 지원하기로 했다. 모든 일은 신속히 이뤄졌다.

1학기가 끝나기 전, 스마트 기기 대여를 희망하는 학생 28만 3천 명 모두에게 기기가 돌아갔다. 교육용 사이트에 접속하는 모바일 데이터 무상 지원도 완료됐다. 인터넷 통신비는 17만 4천 명에게 지급됐다. 더불어 하루에 300만 명이 이용할 수 있는 공공 LMS(학습 관리 시스템) 플랫폼을 구축했고, 공공 플랫폼 안에 교육 콘텐츠 약 5만여 개를 올렸다.(교육부, 「모든 학생들을 위한 교육 안전망 강화 방안」, 2020. 8. 11.) 이쯤 되면 '대한민국 만세!'다.

안다. '전례 없는' 상황이다. 각국은 그 사회의 제도, 문화, 인프라, 사람들의 의식 등 이미 지닌 경험과 '전례'에 기초해서 대처할 수밖에 없다. K 방역, 교육 복지, 정보 기술(IT) 인프라 등 한국이 가진 기반은 생각보다 훌륭했다. 영국의 보편 복지 제도는 한국보다 훨씬 발전했시만, 이런 예외적인 순간에 순발력 있게 대처하며 문제를 해결하는 능력은 부족한 것 같다.

다시 봉쇄, 그러나 학교 문은 열었다

사람들의 고통이 깊다. 코로나 19 확진자가 지금까지 100만 명이 넘고, 사망자는 4만 7천 명에 달하고, 신규 확진자가 매일 2만 명이 넘자 영국은 11월 5일을 기해 전국을 다시 봉쇄한다고 결정했다. 생필품 가게 외에 모든 상점과 공공 시설이 또 문을 닫았다. 놀랍게도 이번에는, 학교 문을 열고 등교 수업을 강행했다. 정부는 '학생들의 안녕과 교육이 너무나 중요해서 학교를 중단할 수 없다.'고 했다. 지금 학교 문을 연다고 해도, 돌봄과 교육이 제대로 이루어지기는 어려울 것이다. 그렇다고 학교 아닌 다른 곳이 그걸 할 수 있을 것 같지도 않다. 답을 찾기가 어렵다.

2020년 11월 16일

온라인 교육, 플랫폼 뒤에서
일어난 일들

영국 대형 슈퍼마켓 모리슨즈가 교사들에게 할인 행사를 했다. 그분들 덕분에 아이들이 학교로 돌아간 것에 감사하며, 초·중등학교에서 일하는 교사·보조 교사·행정 인력·식당 조리원·청소부 등 모두에게 3개월 동안 전국 매장에서 쇼핑액의 10%를 할인해 준단다. 흐뭇했다. 더욱이 교사뿐만 아니라 학교에서 일하는 모든 이를 포함한 것도 고마웠다. 2020년 들어 학교의 중요성과 교사들의 노고를 체감한 사람이 한둘이 아니다.

교사, 팬데믹 시기의 필수 노동자

2020년 3월, 1차 봉쇄로 등교 수업이 중단되자 많은 부모가 자녀와 같이 집에 갇혔다. 처음엔 홈스쿨링 등 야심 찬 계획을 세운 집이 많았으나, 그게 한숨과 좌절로 변하는 데는 오래 걸리지 않았다. 그리고 실감했다. 내 아이 하나 건사하는 일이 이리 힘든데 그 많은 학생을 가르치고 돌보는 교사가 얼마나 대단한지, 학교가 아이에게도 부모에게도 얼마나 필요한지.

사람은 하루를 잘 보내기 위해 보통 시간의 규칙을 따른다. 코로나19 이전까지 아이들의 시간은 주로 학교 일정에 따라 흘렀다. 아침에 일어나서 씻고, 옷 입고, 밥 먹고, 학교에 가서 사람 만나고, 시간표에 따라 수업을 받고, 점심 먹고, 오후에 집으로 돌아오는 극히 평범한 일상. 그것이 깨지자 규율이 사라졌다. 아무 때나 자고 일어나고, 아무거나 먹고(혹은 먹지 못하고), 종일 오락하는 아이들이 생겼다. 안타깝게도 보호자가 제대로 돌봐 주지 못하는 저소득층 아이일수록 그런 일이 심했다.

영국이 지금 2차 봉쇄 상황에서도 등교 수업을 강행하는 건 이들의 안녕과 교육을 더는 방치할 수 없기 때문일 것이다. 학교는 1차 봉쇄 때도 문을 반쯤 열고 필수 노동자 자녀를 맡았다. 의료진이나 배달 노동자처럼, 교사도 이 시기에 꼭 필요한 필수 노동자다.

교사는 "코로나 19로 인해 업무의 내용적인 변화를 가장 많이 겪은 직업" 중 하나다.(경기도교육연구원, 「코로나 19와 교육: 학교 구성원의 생활과 인식을 중심으로」, 2020. 8.) 모든 교사가 본인의 디지털 역량과 무관하게, 준비할 시간도 별로 없이 온라인 수업을 했다. 나도 교사가 될 수 있었다. 대학 졸업 뒤 교직을 선택했으면, 지금쯤 중·고등학교에서 30년 차 교사로 일했을 거다. 그랬다면 참 힘들었겠다 싶었다. '온라인 수업을 해야 하는데 디지털 역량이 저열하다. 겨우 자료를 만들었는데 마음에 안 든다. 학생들에게 미안하고, 학부모가 본다고 생각하니 스트레스다. 그들은 EBS와 인터넷 강의에 익숙해서 원격 수업에 대한 기대치가 높을 텐데, 내 수업을 보고 비웃고 욕하지 않을까 걱정이다. 어찌어찌 온라인 수업을 시작한다. 다시 번뇌에 휩싸인다. 내가 지금 독백을 하고 있나? 이 아이들은 나와 함께 있긴 한 걸까? 걱정과 자책이 뒤엉킨다.' 하는 상상을 해 본다.

상상 속 나와 현실의 교사

상상 속 나는 이 상황을 '개인'이 맞닥뜨린 시련처럼 생각하고 교사로서 자존심이 다칠까 봐 걱정하고 있다. 그런데 현실 속 교사들은 좀 달랐던 것 같다. 많은 이가 난관을 '함께' 헤쳐 나갔다.

서울시 교육청의 장학사에게서 들은 말이다. 개학이 연기됐을 때만 해도 교육계는 무겁고 무기력하고 답답했다. 4월부터 원격 수업을 한다는 결정이 내려지자 곧 속도전이 시작됐다.(한국의 기운이 느껴진다!) 교육지원청은 온라인 커뮤니티로 원격 수업 지원단을 구성했고, 교장은 교내 원격교육 인프라를 정비했고, 교사들은 공부를 시작했다. 학년별, 교과별로 디지털 역량이 뛰어난 젊은 교사가 나이 많은 경력 교사를 가르치는 '역멘토링'이 벌어졌다. 플랫폼 운영, 자료 제작, 실시간 쌍방향 수업 팁뿐만 아니라 패들렛·라이브워크시트 같은 프로그램을 같이 배웠다. 〔협력은 사실이다. 경기도교육연구원 조사에서도 교사의 75%가 지금이 "코로나 19 이전보다 학년(교과) 내 협력이 잘 이뤄진다."고 답했다.〕

놀라운 일은 그다음이다. 처음엔 원격 수업용 콘텐츠를 만들어 탑재하고 안정적으로 운영하는 게 목표였는데, 얼마 지나지 않아 수업의 본질이 과연 무엇인지, 원격 수업에서도 학생의 배움이 일어날 수 있을지 등을 묻고 고민하는 교사가 많아졌다. 온라인 수업이 장기화하면서 확연히 드러난 학력 격차, 특히 "중간층 학생들의 학력 저하와 복합 요인으로 학습하지 않는 학생들의 심각한 학습 결손"을 어떻게 해결할 것인지도 고민이 깊었다.

선생님이 달라졌어요

2020년 초만 해도 많은 이가 '포스트 코로나' 시대엔 학교가 축소되고 온라인 학습이 대세가 될 거라고 예견했다. 그러나 사람들은 곧 학교라는 물리적 공간이 완전히 없어지지도 않을 것이고, 없어져서도 안 된다는 것을 깨달았다. 학교에서는 수업뿐만 아니라 돌봄, 보호, 규율, 사회화, 소통, 친교, 급식 등 여러 일이 일어난다. 그런 공간을 없앨 수는 없다. 단 변화는 불가피할 거다.

지금처럼 온라인 수업과 대면 수업을 병행하는 블렌디드(Blended) 수업은 한동안 계속될 것 같다. 각 학교에는 교육청에서 만든 블렌디드 수업 자료가 이미 전달됐다. 자료 제작에 참여한 교사들의 인터뷰를 본 적이 있다.(웹진

「지금 서울교육」 2020년 가을호.)

한 선생님은 다른 교사들에게, 단순히 어떤 플랫폼을 사용하고 플랫폼의 숨겨진 기능은 무엇인가 같은 기술 분야를 넘어 '어떻게 학생들의 성장을 격려하고 지지하고 이끌어 줄 것인가'에 관심 갖고 활용해 달라고 당부했다. 또 다른 선생님은 이 작업이 고군분투했던 1학기를 성찰하고 정리하는 좋은 기회였다며 "우리가 무엇을 놓쳤는지, 가르친다는 것과 배운다는 것의 본질이 무엇인지, 학생의 배움과 성장을 위한다는 것의 의미가 무엇인지 생각하고, 교육의 방향을 새롭게 하는 데 도움이 되었다."라고 말했다. 코로나19가 교사들에게 이런 질문과 고민을 하게 했다면, 그건 재앙이 아니라 선물이라고 해야 할 것 같다.

앞으로 학교가 어떻게 변할 것인가란 질문은, 그 고민을 누가, 얼마큼, 어떻게 하느냐에 달렸다. 시작은 좋다. 교사들이 '함께' 고민하고, 직급·나이와 무관하게 서로 배우고, 교육에 대해 잊고 있던 질문을 하는 경험은 좋은 학교를 만드는 원동력이 될 것이다. 바람이 있다면, 교사들의 이 힘이 학교에서 일어나는 다른 중요한 일, 특히 '돌봄'을 담당하는 교사들과의 협력과 연대로도 발전할 수 있다면, 그래서 '모든' 학생의 배움과 성장을 함께 도울 수 있다면 더없이 좋겠다.

사족: 한국의 대형 마트도 교사 할인 행사를 한번 해 보시라. 학교에서 일하는 모든 이에게 감사를 표한다면, 아이들을 다시 학교에 보내고 안심하는 학부모들은 소비자가 되어 그 감사함에 연대할 거다.

2020년 11월 30일

회복의 시간

마침내 새봄이 왔다. 유달리 춥고 길었던 겨울이 끝난 것만 해도 신나는데 코로나 19 백신 접종도 박차를 가하고 있다. 영국은 2020년 12월부터 백신 접종이 시작되었다. 지금은 하루에 50만 명씩 맞는다. 이제 지병이 없는 50대까지 순서가 내려와서 나도 2월 말에 1차 접종을 마쳤다. 지금까지 2천만 명 넘게 1차 접종을 했고, 2차 접종까지 마친 사람도 80만 명이 넘는다.(2021년 3월 1일 기준.)

그 덕분에 상황은 눈에 띄게 호전되고 있다. 이제 신규 확진자는 하루 6천 명 수준이고, 하루 사망자도 200명대로 줄었다. 한국 기준으로 보면 이 숫자가 무슨 희소식이냐고 할 만한데, 불과 두 달 전만 해도 하루에 감염자가 6만 명씩 증가했고 1,200명씩 사망했다. 호되게 앓았다. 다행히 회복 중이다. 정부의 발표대로라면 돌아오는 여름에는 그동안 금지되었던 거의 모든 일들을 다시 할 수 있을 것이다. 정말 터널 끝이 보이는 것 같다.

엄청난 쇼크……. 회복에 5년은 걸린다

영국 정부는 2021년 2월 22일, 조심스럽게 봉쇄 완화 로드 맵을 발표했다. 첫 번째 조치는 등교 수업을 시작하는 것이다. 3월 8일부터 학생들은 학교로 돌아간다. 그동안 학교를 가다 안 가다 참으로 어수선하게 지냈다. 안 간 날이 훨씬 더 많다. 고등학생인 린아만 해도 지난 1년 동안 학교에 간 날이 50일도 안 된다. 백신 접종이 시작되었으니 이제 학교 교육도 안정적으로 이루어질 수 있을 것이다. 이제야 말로 그동안 하지 못했던 일들을 차근히 할 수 있을 것이다.

영국 교육부는 팬데믹으로 인한 교육 공백을 메꿀 수 있도록 이미 2020년 7월에 '캐치 업' 기금 총 10억 파운드(약 1조 5천억 원)를 지원하기로 약속했다. 취약 계층 학생들의 학습을 일대일로 지원하는 '내셔널 뷰터링 프로그램'과 학교에서 상황에 맞게 자율적으로 운영할 수 있는 '캐치 업 프리미엄' 사업이 계획되었다. 그러나 11월에 최악의 3차 유행이 닥치는 바람에 모든 수업이 다시 온라인으로 전환되어 지금까지는 제대로 된 캐치 업을 할 수도 없었다.

2021년 2월 3일, 보리스 존슨 총리는 '교육 회복 총괄 감독관(Education Recovery Commissioner)'으로 전직 교사이자 교육 운동가인 케반 콜린스 경을 임명했다. 캐치 업을 위한 장기적인 계획을 수립하고, 그동안 어려움을 겪은 학교가 회복될 수 있도록 돕는 임무를 맡았다. 인터뷰에서 그는 팬데믹으로 아이들의 학습은 엄청난 쇼크를 겪었고, 회복을 위해 "4~5년은 족히 걸릴 것이며" 지속적인 추가 예산과 교육 과정에 대한 "창의적인" 새로운 접근이 필요하다고 말했다.(『파이낸셜 타임스』, 2021년 2월 10일 자.)

아이들이 제대로 배우지도 못하고 9월에 새 학년으로 진급하는 것에 대해 우려가 많았다. 여러 방안이 논의되었다. 튜터링을 지속적으로 실시하는 것, 방학을 줄이고 수업 일수를 연장하는 것, 여름 방학에 특별 수업을 실시하는 것, 심지어 한 학년을 다시 다니게 하는 것까지 고려됐다. 튜터링과 함께 가장 현실적인 방안으로 떠오른 것은 학교가 여름 방학에 '서머스쿨'을 운영하는 것이었다. 특히 초등학교 6학년은 9월이 되면 중학교로 진학하는데, 중학교 수업을 제대로 받을 수 있도록 여름 방학 동안 잘 준비시켜야 한다는 의견이 많았다.

어울려 노는 것, 연극에 몰두하는 것……

결손에 대한 보충으로 누구에게 무엇을 어떤 방식으로 제공할지는 학교가 결정한다. 아이들 상황을 가장 잘 아는 교사의 역할이 크다. 많은 이가 학생들의 학력 저하뿐만 아니라 오랜 고립으로 인한 정신 건강의 문제를 우려한다. 의사소통이나 팀워크 능력 같은 '소프트 스킬'을 배울 기회가 없었다는 점도 문제로 지적된다. 특히 초등학교 저학년의 경우 그들이 누리지 못한 가장 중요한 학습은 '친구들과 같이 노는 일'이었다. 콜린스 경도 "캐치 업이 단지 교과 보충 수업 시간을 늘리는 것이 아니라 아동의 포괄적 필요에 맞는 것"이어야 한다며, 어린이의 경우에 "같이 어울려 노는 것, 스포츠 경기나 음악, 연극에 몰두하는 것" 같은 활동이 중요하다고 강조했다. "왜냐하면 이런 활동이야말로 이 아이들이 받달 과정에서 놓쳐 버린 가장 결정적 영역이기 때문이다."(「BBC」, 2021년 2월 8일.)

이제 '회복'에 대해 말할 수 있어서 다행이다. 마치 전쟁이 끝나(가)고 잿더미에서 재건을 이야기하는 것 같다. 갈 길은 멀지만, 그래도 희망이 보이는 듯하다. 한국도 마찬가지인 것 같다. 교육부의 '2021년 업무 계획'을 보니, 첫 번째 핵심 추진 과제가 "학교의 일상 회복"이었다. "준비된 방역으로 학생들이 보다 많은 시간을 등교할 수 있게 지원하고 코로나 19 장기화로 인해 발생한 학습·정서적 결손을 보완할 수 있는 안전망으로 교육의 회복 탄력성을 제고"하겠다고 했다. 이를 실현할 수 있는 구체적인 방안도 많다. 굵은 글씨로 강조된 것만 세어 봐도 수십 가지이다.

나열하자면, 탄력적 학사 운영으로 대상별 등교 수업일 확대, 방역 물품 비축 및 관계 기관 핫라인 유지, 24시간 대응 상황반 가동, 과밀 학급 지역을 중심으로 학생 배치 계획 재수립, 기초 학력 협력 수업 실시, 학급 증설 등을 위해 교사 약 2천 명 인력 지원, '국가 기초 학력 지원 센터' 신설, '기초 학력 보장법' 제정 추진, 기초 학력 진단 - 보정 시스템 구축, 두드림학교(5,000개교) 및 학습 종합 클리닉 센터(140개소)를 통해 학습·정서 지원, 기초 학력 부족 학생을 위한 학습 지도 가이드라인 개발·보급, EBS 교재 무상 지원 확대, 인공 지능(AI) 활용 학습 시스템 확대 개발·보급, 코로나 19 영향 추적 종단 연구, 심리 전문가의 학교 방문을 통한 정서적 위기 학생 관리 지원, 상담 교사와 학생 간 화상 상담 시범 운영, 초등학교 전문 상담 교사 확대 배치, 교직원을 위한 심리 회복 지원……. 아직 절반도 못 썼는데 지면 관계상 여기까지.

무엇보다 아이들에게 함께 놀 시간을

분명 한국에서는 1년 동안 이 모든 일을 다 해낼 거다. 그 역량을 높이 평가하지만 숨이 차면서 기우가 앞선다. 나는 이 회복 프로젝트가 숨 고르며 찬찬히 이루어지면 좋겠다. 교육부가 세세한 계획을 짜서 내려보내지 말고, 학생들을 가장 잘 아는 교사와 학교가 아이들 곁에서 좋은 방안을 만들면 교육부가 그 일을 잘할 수 있도록 전폭적으로 지원해 주면 좋겠다. 무엇보다도, 아이들에게 친구들과 함께 놀 시간을 주면 좋겠다.

욕심을 더 내자면, 교육에서 '회복'이 팬데믹 이전의 '학교의 일상'으로 빠르게 돌아가는 것을 의미하는 것이 아니라 이참에 우리 아이들이, 우리 교육이 더 건강해지는 회복이라면 좋겠다. 그런 회복에는 시간이 걸릴 거다. 급하지 않게 천천히 튼튼해지면 좋겠다. 어쨌든 봄이 왔다.

2021년 3월 15일

캐치 업, 그 후

결국 예산이 회복 프로젝트의 발목을 잡았다. 교육 회복 총괄 감독관으로 캐치 업 프로그램의 큰 그림을 그리는 역할을 맡았던 콜린스 경은 불과 4개월 만에 사임했다. 정부가 회복에 필요한 충분한 예산을 지원하지 않는 것에 대한 항의였다. 그는 교육 회복에는 적어도 150억 파운드(약 22조 5천억 원)가 필요하다고 했다. 정부는 캐치 업 기금으로 17억 파운드 예산을 확보했고, 앞으로 3년 동안 추가로 14억 파운드를 지원하겠다고 했지만, 31억 파운드(약 4조 7천억 원)로는 학생들이 겪은 손실을 회복하는 데 터무니없다는 것이 일선 학교의 생각이다.

한국은 2021년 하반기에 교육 회복 기금 5조 4천억 원을 추가 경정 예산으로 마련했다. 적지 않은 돈이다. 나는 우리 교육이 건강해지는 데 그 돈이 잘 쓰이기를, 회복의 방향을 잘 잡고 그동안 힘들었던 아이들을 곁에서 찬찬히 도와주기를 진심으로 바란다. 회복은 쉽지 않고 오랜 시간이 걸릴 거다. 결핍을 어루만지고 채워 주는 일을 어떻게 하느냐에 따라 학생들이 잃어 버린 성장의 기회를 되찾는 시간은 짧아질 수도, 더 길어질 수도, 영영 오지 않을 수도 있다. 어른들이 어리석어서 아이들의 시간을 망쳐 버리지는 않을까, 나는 괜한 걱정을 한다.

2021년 11월 3일

2부

반 발짝
벗어나면
보이는 것

질문은 짧고
답은 길다

고등학교 1학년 국어 시험이라 생각하고 풀어 보자. 제한
시간은 두 시간.

※ A와 B 영역에서 한 문제씩 골라 각각 350~500개 단어로
  두 개의 작문을 하시오.

A. 토론과 주장(택 1)

1. '개천에서 용 난다.'라는 말이 있습니다. 이 말은 '가난하거
  나 보잘것없는 집안에서 태어난 사람도 큰 인물이 될 수 있
  다.'라는 뜻으로 쓰였습니다. 오늘날에도 이 속담이 유효하

다고 생각합니까?

2. '장유유서'는 어른과 아이 사이에는 차례와 질서가 있어야 한다는 뜻으로 오랫동안 한국 사회에서 지켜 온 도덕적 규범이었습니다. 그런데 '오늘날 장유유서는 더 이상 우리 사회에서 지켜야 할 미덕이 아니다.'라는 주장도 있습니다. 이 주장을 어떻게 생각합니까?

3. 폐쇄 회로 텔레비전(CCTV) 설치는 '범죄 예방에 효과가 있다.'라는 주장과 '사생활과 자유를 침해할 수 있다.'라는 주장 가운데 어느 것에 동의합니까?

B. 묘사와 서술(택 1)

1. 가족이 모두 나가고 오랜만에 집에 혼자 있는 오후 시간입니다. 혼자만의 시간에 무엇을 하는지 주변 상황과 함께 여러 감각(시각·청각·후각·미각·촉각 등)을 통해 묘사하십시오.

2. 누군가에게서 어떤 식물인지 모를 씨앗 하나를 얻었습니다. 이 씨앗을 화분에 심어 키우며 다 자란 식물이 되는 과정을 지켜보면서 갖는 감정을 다양한 감각과 함께 묘사하십시오.

3. 1부터 9까지 중 하나의 숫자가 중요한 사건의 열쇠가 되는
이야기를 만들어 쓰십시오.

2017년도 케임브리지 IGCSE(International General
Certificate of Secondary Education의 약자. 해당 과목의 중등학교
졸업 수준을 증명하는 국제 GCSE이다. 영국 밖에서 외국인도 시험
을 볼 수 있다. 고등학교와 대학 입학 등에서 GCSE와 동일한 가치를
지닌다. 한국어는 2021년까지 IGCSE 과목으로 볼 수 있었다.) 한
국어 '쓰기' 영역 중 일부다. '읽기' 영역도 있다. 그것도 두
시간이다. 두 개의 긴 지문을 이해하고 비교하는 것이다.
지난 몇 년 동안 이청준의 「눈길」, 박완서의 「엄마의 말뚝」,
신경숙의 『엄마를 부탁해』 같은 소설이나 신영복의 「감옥
으로부터의 사색」 같은 산문이 지문으로 나왔다.

정답은 없다. 좋은 답이 있을 뿐

애린이가 중학교 때 선택 과목으로 한국어 시험을 한
번 보겠다고 해서 이런 게 있다는 걸 알았다. 학교 선생님
이 한국어는 GCSE 외국어 과목에는 없고, IGCSE 한국
어로 시험을 볼 수 있다고 했다. 처음에는 이게 한국어를

제2외국어로 보는 시험이라고 생각하고 난이도를 얕잡아 보았다. 선생님이 뽑아 준 기출 문제를 보고 이게 제2외국어 시험이 아니라 한국어를 모국어로 구사하는 사람이 중학교 정도의 교육을 받았을 때 구사할 수 있는 능력을 평가하는 시험이라는 것을 알았다. 영국 학교에서 도와줄 수 있는 시험이 아니니 '평소 실력'으로 치를 수밖에 없었다. 쓰기 시험지를 보니, 질문은 다 합해도 한 페이지밖에 안되는데 빈 종이 답지가 아홉 장이나 되었다. 이런 형식은 GCSE의 영어 시험과 비슷했다. 영국에서는 영어 시험을 이런 방식으로 본다. 애린이는 졸지에 영국식으로 국어 시험을 보게 되었다.

시험 문제를 보고 정답을 고르는 게 아니라, 내 답을 쓰는 것이 마음에 들었다. 정답은 없다. 좋은 답이 있을 뿐이다. (물론 까다로운 채점 기준에 따라 좋은 답을 평가한다.) 나는 내가 학교 다닐 때 지겹도록 봤던, '주어진 보기' 가운데 정답 하나를 고르는 시험이 싫다. 그때는 그 폐단을 잘 몰랐다. 지금은 안다. 그 훈련의 결과는 너무 강력해서 나는 지금도 '나의' 생각을 말하는 것이 힘들고 정답을 말해야 한다는 강박증이 있다. 정답이 아닌 것 같으면 나에게도 남에게도 관대하지 않다. 그런데 살다 보니 정답 없는 일이 더 많다. 결국 중요한 것은 '나의 답'이다. 공부를 한다는 것은, 지금 아는 것보다 더 좋은 답을 찾아 나가는 훈련에 다름 아니다.

나는 이 시험에서 '묘사와 서술', 특히 감각이나 감정, 상황을 언어로 묘사해 보라는 질문이 근사하다고 생각한다. 어떤 것을 500단어 분량의 긴 글로 묘사하려면(500단어면 대략 200자 원고지 12매 정도이다. 참고로 이 글은 제목부터 여기까지 500단어쯤 된다.) 감각을 예민하게 하고, 사람과 사물을 자세히 관찰하고, 감정을 깊이 이해해야 한다. 그건 좋은 스토리텔러가 되는 훈련이기도 하다.

교육으로 시작해 미궁으로 빠지는

몇 년 전에, 한국의 고등학교 1학년 여학생 30여 명과 만나 교육에 관해 이야기할 기회가 있었다. 나는 그들에게 IGCSE 한국어 쓰기 시험 문제를 보여 줬다. 아이들은 특히 '묘사와 서술' 문제를 좋아했다. "사악한 인물 또는 친절하고 신뢰가 가는 인물(실제 또는 가상 인물) 중에서 하나를 골라 그 사람의 신체적 특징과 습관 등에 중점을 두어 묘사하십시오."라는 문제를 듣고는 "우와!"라고 말했고, "지금 미스터리 스릴러 소설을 쓰려고 합니다. 배경은 아주 오래된 건물입니다. 시간은 밤, 갑자기 불이 나가고 누군가 뛰어가는 발소리가 들립니다. 이 부분이 소설의 중요한 부분이 되게 이야기를 만들어 보십시오."라는 문제를 듣고는 "대박!"이라고 했다. 그 끝에 누군가가 이렇게 말하는 소리가 들렸다. "재미있겠다……." 나는 미안한 마음이 들었다.

그 뒤, 교사 연수 자리에서 중·고등학교 선생님들을 만나 이 이야기를 해 주었다. 선생님들이 말했다.

"독서반 아이들이 하면 좋겠네요."

"국어 시간에 한번 해 봐야겠어요."

"맞아요, 우리 아이들도 몇 번만 연습하면 이 정도는 잘 쓸 겁니다."

나도 그렇게 생각한다. 한국 학생들만큼 성실하고 진지한 학생들은 세상천지에 별로 없다. 정말 이런 수업을 교사가 재량껏 해 볼 수 있다면 좋겠다.

교육과 관련해서 입시 제도 개혁 같은 큰 이야기를 하다 보면 수십 가지 '안 되는' 이유가 먼저 떠오른다. 교육 문제로 시작했다가 결국 취업, 소득 불평등, 취약한 사회 안전망 같은 사회 경제적 구조 문제로 발전해 미궁에 빠지기 일쑤다. 교육 문제를 교육 논리로 풀 수 없다는 건 절망적인 일이다. 그럼에도 교육 현장에 좋은 교사가 많이 있다는 것은 희망적이다. 자기 자리에서 할 수 있는 실천을 해 보려는 교사를 정말 많이 만났다. 그래서 바람이 생겼다. 이런 먼 나라 이야기가 그들에게 참고할 만한 사례가 되기를. 그래서 학생 몇 명이라도 공부가 '재미있다'는 경험을 할 수 있기를. 그리고 욕심내자면, 정답을 고르는 것을 넘어 자기 답을 찾아볼 힘을 조금이나마 기를 수 있기를. 이 아이들이 살 세상에서는 그런 능력이 더 필요할 테니.

2020년 5월 3일

아이들과 함께
야한 영화를

한국 드라마 「부부의 세계」를 보려고 별짓을 다 했다. JTBC 방송사 웹 사이트 회원에 가입한 뒤 이용료를 내고 보려는데 19금 시청에 걸려서 재생이 안 됐다. 성인 인증이 필요했다. 결국 한국 휴대 전화 정지를 풀고 인증 번호를 받아 들어갔다. '본방 사수'를 하겠다고 주말마다 영국과 한국의 통신사 유심 카드를 바꿔 끼워 가며 봤다. 이렇게까지 해야 하나 한심한 생각이 들었지만, '부부의 세계'가 너무 궁금했다. 그런데 끝나고 나니 '엄마의 세계'가 더 기억에 남는다.

'성범죄'에서 보호 vs '성'에서 보호

엄마 지선우는, 어른들의 문제 때문에 중학생 아들 준영의 일상이 흔들리지 않도록, 아들을 보호하는 데 최선을 다했다. 파탄을 감지하고 준영이 불안해할 때마다 지선우는 설명해 주는 대신 "아무 일도 아니야, 걱정할 것 하나도 없어. 오늘 학원 가는 것 잊지 마."라고 말하며 아무 일도 없는 양, 아들의 일상을 챙겼다. 지선우는 이혼을 앞두고 심란해서 혼자 울다가도 2층 아들 방에 올라갈 때는 표정과 목소리를 평안하게 하고 아침 인사를 했다. "아들, 오늘 영어 듣기 평가 있다며. 지난번에는 딴생각하다가 하나 틀렸잖아. 오늘은 실수하지 말자. 내려와서 아침 먹어." 지선우의 마음을 이해 못 하는 바는 아니지만, 마음이 답답해졌다. 아니 지금 뭣이 중헌디!

영국 방송 드라마를 리메이크한 것이라고 해서 원작인 「닥터 포스터」를 찾아 봤다. 영국 엄마는 어떻게 행동했는지 궁금했다. 두 드라마의 디테일은 많이 달랐다. 엄마가 아들을 대하는 방식도, 아들의 일탈 모습도, 그 문제에 대처하는 방식도, 심지어 이혼 뒤 엄마의 성을 다루는 방식도 차이가 있었다. 성적 표현 수위가 훨씬 높은 「닥터 포스터」의 시청 연령은 15세이다. 「부부의 세계」가 19금인 것은 18세 이하 청소년이 보기에 '적절하지' 않기 때문일 거다. 청소년을 '보호'하기 위해서다. 그런데 '무엇'으로부터 보호하는 것일까?

우리 사회는 청소년을 어른의 세계, 특히 성 문제로부터 격리하고 싶어 한다. 가정과 학교에서 성과 관련된 이야기는 거의 하지 않는다. 마치 청소년이 성에 아예 관심이 없는 것을 가장 좋은 상태로 보는 듯하다. 그건 위험한 일이다. 공개적으로 이야기하지 않고 누구에게도 제대로 배워 본 적 없는 성은, 한편에선 무지하거나 억압된 형태로, 다른 한편으로는 왜곡되고 폭력적인 형태로 이들을 위협한다.

정자 포자설, 한 이불을 덮으면 임신한다?

폭력적인 형태의 위협은 'n번방 사건'으로 만천하에 드러났다. 이 충격이 너무 커서 정부는 서둘러서 (소 잃고) 외양간을 고쳤다. 미성년자를 간음 또는 추행한 사람에게 죄를 묻는 미성년자의제강간죄(형법 제305조)의 적용 범위가 넓어진 것이다. 종전에는 피해자의 연령이 13세 미만일 경우에만 이 법으로 처벌이 가능했지만 법 개정을 통해 16세 미만의 피해자가 발생해도 가해자를 처벌할 수 있게 된 것이다.(2020년 5월 19일 개정) 이 뉴스를 보고, 이제까지 우리가 허용했던 일에 기겁했다. 우리는 지금까지 성인이 13세 어린이와 '합의'하에 성관계를 하면 미성년자에 대한 성범죄로 처벌하지 않았던 거다. 영국에선 성인이 16세 미만 아동을 성적 목적으로 만나려고 시도만 해도 징역형이다. 한편, '아동·청소년의 성보호에 관한 법률'도 개정됐다. 이제 '성 착취물'을 소지, 운반, 광고, 소개, 배포, 제공, 시청하면 다들 징역형을 살게 되었다(2020년 6월 2일 시행). 청소년을 성범죄로부터 보호하는 장치가 정비되는 것은 다행이다. 그럼 이제 충분한가? 나는 이제야말로 본격적으로 성교육을 고민해야 한다고 생각한다. 우리 아이들을 성범죄로부터 보호하는 동시에 건강한 '성'을 가르치고 격려하는 것이 필요하다.

대통령은 일찌감치(2020년 3월 23일), n번방 피해자와 가입자에 학생들이 포함된 것으로 보인다며, 교육부가 여성가족부와 함께 청소년에게 '성인지 감수성' 교육 강화 방안을 마련해 시행하라고 지시했다. 그런데 과연 교육부와 여성가족부가 잘할 수 있을까? 꼰대처럼 '19금'을 강화하는 방향으로 가지는 않을까? 모호하게 돌려 말해서 아무것도 구체적으로 배우지 못하는 것은 아닐까? 한국 초등학교에서 성교육을 받았던 우리 아이는 남녀가 함께 이불을 덮으면 하트가 퍼진 뒤 아이가 태어나는 것을 보고, 한 이불을 덮으면 정자가 포자처럼 퍼져 임신이 되는 '정자 포자설'을 생각해 냈다. 분명하지 않게 다루면 아이들은 아무거나 상상한다.

2020년 9월부터 영국의 모든 초등학교에는 '관계 맺기(Relationships)' 과목이, 중학교에는 '관계 맺기와 성(Relationships and Sex)' 과목이 필수 교과가 되었다. 지금까지는 대부분 학교에서 PSHE(Personal Social Health Education, 개인적·사회적 건강 교육)라는 과목의 일부로 성교육을 했다. 우리 아이들도 열네 살 때쯤 배웠다. 아이들이 얘기해 준 영국의 성교육은 매우 구체적이었다. 우선 건강한 인간관계를 다루고, 건강하지 않은 관계, 즉 성적 모욕, 착취, 학대, 그리고 동의하지 않은 성관계의 위험을 배웠다. 성 평등(양성 평등이 아니라 성 평등이다. 남녀뿐만 아니라 성소수자가 포함된다.) 관점에서 미디어를 분석했다. 다양한 성 정체성와 성적 자기 결정권을 배우고 토론했다. 성관계에

대해서는 남성과 여성의 다양한 피임법, 성병(STD)의 종류와 예방법 등을 배웠다. 모든 학생이 콘돔 사용법을 실습했다. 'C(Condom) 카드'가 있다는 것도 아이들한테 들었다. 이 카드를 가진 스물다섯 살 이하 젊은이는 누구나 학교 보건실과 지역 클리닉에서 콘돔을 무료로 받을 수 있단다. 지역 성 건강 클리닉(Sexual Health Clinic)이 어디에 있고, 어떻게 이용하는지도 알려 줬다.(영국에는 지역마다 성 건강 클리닉이 있다. 여기서는 모든 검사가 익명으로 이뤄진다. 미성년이라 하더라도 부모에게 알리지 않는다. 그래야만 적절한 상담과 치료를 받을 수 있기 때문이다.) 아이들 학교에도 클리닉 간호사가 와서 특강을 했다.

아이 둘을 낳고도 성에 무지하다니

아이들 이야기를 들으니, 나이 50이 되고 아이 둘을 낳고서도 내가 성에 무지하다는 것을 새삼 깨달았다. 아이들이 나보다 성에 대해 훨씬 많이 알고 있다는 것이 든든했다. 그리고 우리 아이의 남자 친구도 이런 교육을 받았다고 생각하니 새삼 안심됐다.

엄마들은 걱정이 많다. 세상이 흉흉해서 걱정이다. 아이들이 성에 빨리 눈뜰까 걱정한다. 흉흉한 세상은 법으로 다스리자.(n번방이 우리 모두에게 가르쳐 줬다.) 그리고 건강한 성을 제대로 가르치자.(교육부와 여성가족부를 한번 믿어 본다.) 외면하고 금지하는 것이 능사가 아니다. 아이들은 열아홉 살 생일에 갑자기 성에 눈뜨는 것도, 책임 있는 태도를 저절로 아는 것도 아니다. 나는 우리 아이들이 자기 몸과 마음을 잘 이해하고 행복하게 살기를 바란다. 요즘 우리는 성적 표현 수위가 높은 영화도 같이 본다. 어떤 영화는 아이들이 되레 "이건 엄마한테는 수위가 너무 높다."라고 미리 경고해 준다. 아이들이 어른으로 성장하는 모습을 보는 건 큰 기쁨이다.

2020년 6월 22일

덕업 일치의
어려움

큰아이 애린이가 세상에 나왔을 때, 그러니까 내가 처음 엄마가 되었을 때, 꼬물거리는 아기를 보며 세 가지를 소원했다. '몸은 건강하고, 마음은 편안하고, 머리는 호기심이 많은 아이로 자라나게 해 주세요.' 크게 욕심내지 않고 그것'만' 바란다고 여겼는데, 돌이켜 보면 실로 많은 것을 바랐다. '모든' 것을 바랐다고도 할 수 있다. 아이가 커 가면서, 나는 거기에 만족하지 않고 자꾸 다른 것을 더 바랐다. 공부를 잘하면, 좋은 대학에 가면, 괜찮은 직업을 가지면…… 좋겠다.

"직업은 중요하지 않아."

"아주 스트레스를 많이 주는 일이 아니라면 아무 직업이나 상관없어. 일해서 생활비만 벌 수 있으면 직업은 그리 중요하지 않아. 페인트칠 같은 거 해도 되고 사무실 청소, 아니면 엑셀 파일 정리나 코딩 작업 같은 거 해도 돼. 그렇게 번 돈으로 내 시간에 좋아하는 일, 하고 싶은 일 하면 되잖아."

작은아이 린아가 이런 말을 했을 때, 딛고 있는 땅이 흔들리는 느낌이었다. 종종 내가 알고 있는 경험적 세계가 도전받는다. 나와는 다른 세계에 살면서 성장한 아이들이 자기주장을 분명하게 표현할 때 그렇다.

내가 산 세상에선 오랫동안 '좋은 직업'이란 게 분명히 있었다. 연봉이 많고, 안정적이고, 사회적 위신이 높고, 동료들도 점잖고, 자기 적성에 맞는 일이라면 거의 완벽한 직업이다. 이중 서너 가지만 충족해도 매우 훌륭한 직업이다. 전문직, 국가 공무원, 대기업 정규직이 쉽게 떠오른다. 그런데 이런 직업은 많은 사람이 원하는지라, 그 경쟁에 뛰어들어 직업을 얻는 과정이 너무 고단하다. 경주마처럼 앞만 보고 전념을 해도 낙오자가 더 많다.

나는 아이들이 그 경쟁에 뛰어들어 (쟁취하리라는 보장도 없는) 그 직업의 지위를 얻기 위해 많은 것을 희생하는 것을 원치 않는다. 그냥 아이가 '좋아하는 일'을 직업으로 삼고, 그럭저럭 '먹고살 정도'의 수입을 얻길 바란다. 애린은 미술을 좋아하니 일러스트레이터가 되고, 린아는 영화를 좋아하니 영화 제작 관련 일을 하면 좋겠다고 생각했다. 그러면서 사회적으로 인정받는 '좋은 직업'을 추구하는 것이 아니라, 아이가 '좋아하는 직업'을 찾도록 격려해 주는 나는 그런대로 괜찮은 엄마라는 자부심이 있었다.

그런데 아이의 말을 듣고, 휘청했다. 나는 여전히 아이들이 좋아하는 일을 직업과 연관 지어 생각했다. 이런 생각의 허점은 조금만 생각해도 알 수 있는 것인데 놓쳤다. 모두가 다 '좋은 직업'을 갖기 어려운 것처럼, 누구나 다 '좋아하는 일'을 직업으로 갖는 것도 불가능하다.

국가 최저 시급이 생계를 보장한다면

아무래도 린아의 말이 현실적인 판단인 것 같다. 그런데 아무 일이나 해서 생활비를 벌고 나머지 시간에 좋아하는 일을 하려면, 최소한 두 조건이 충족돼야 한다. 아무 일이나 해도 생활이 가능한 정도의 돈을 벌어야 하고, 직업과

별개로 하고 싶은 일을 할 수 있는 시간이 보장돼야 한다. 그게 가능할지 한번 따져 봤다.

가장 보수적으로 생각해서, 최저 임금을 받는 일을 한다고 가정해 보자. 영국에서 최저 시급은 2020년 7월 현재, 스물다섯 살 이상이면 8.72파운드(약 1만 3천 원)다. 주 40시간을 일하면 한 달에 1,400파운드(약 210만 원)를 벌 수 있다. 그런데 주 40시간을 일하면 자기가 좋아하는 일을 할 시간이 없을 것 같다. 그럼 주 20시간만 일하자.

소득이 낮으면 '유니버설 크레디트'라는 정부 보조금을 신청할 수 있다. 우리로 치면 기초 생활 수급자로 지원받는 것이다. 보조금 액수는 가족 수, 소득, 월세, 저축 등 여러 변수에 따라 다르다. 대강 계산해서 아이가 스물다섯 살이 넘고 미혼인데 최저 임금을 받으며 주 20시간을 일하고 700파운드를 번다고 하면, 정부 지원금 270파운드(40만 원) 정도를 받을 수 있다. 급여와 지원금을 합하면 얼추 1천 파운드(150만 원)가 되어 절약해서 살면 버틸 수는 있겠다. 집세는 월세 지원금을 따로 받을 수 있다. 더욱이 주 20시간이면 주중에 하루 평균 네 시간 정도 일하는 것이니, 좋아하는 일을 할 시간도 확보할 수 있을 듯하다. 그렇게 틈틈

이 하고 싶은 일을 하다 보면 그게 직업이 될 기회가 올 수도 있다.(나는 아직도 '직업'에 미련을 못 버린다.)

영국은 사회 복지 모범 국가가 아니다. 그래도 일할 의지가 있으면 얼추 살 수는 있는 것 같다. 여기서 청년 실업 문제는 NEET(Not in Education, Employment or Training)라고 부르는, 아무것도 하지 않는(혹은 하고 싶어 하지 않는) 청년의 문제인 경우가 많다. 사회는 청소년이 일하는 것을 장려하는 분위기이다. 일하려고 마음먹으면, 법적으로 13세부터 가능하다.(의무 교육 기간에는 주말에만 일할 수 있다.) 국가 최저 시급도 정해져 있다. 18세 미만은 4.55파운드(약 6,800원), 18~20세는 6.45파운드(약 9,700원), 21~24세는 8.20파운드(약 1만 2천 원)다. 열여섯 살 된 린아 친구는 얼마 전까지 벽돌 쌓는 일을 해서 제법 많은 돈을 벌었단다.

중학교에서는 학교 의무 교육의 일환으로 학생들에게 사업장에서 일을 해 볼 체험 기회를 제공한다. 우리 아이들도 열네 살 때쯤, 학교에서 마련한 '일 경험(Work Experience)'이란 것을 했다. 한 학년 전체가 일주일 동안 학교에 가지 않고 본인이 찾거나 학교에서 연결해 준 직장으로 출근해 일을 하는 것이다. 일주일이 지난 뒤에 아이들은 고용주의 평가서를 받아 학교에 제출해야 한다. 평가서를 보니 팀워크, 의사소통, 문제 해결, 일 처리 능력같이 업무 역량에 관한 질문과 복장, 시간 준수, 고객 응대 같은 근로 태도에 대한 질문이 있었다. 하단에는 학생의 업무 수행에 대해 전반적인 의견을 적도록 되어 있었다.

딸이 일하는 식당에서 매일 식사를

애린이는 근처 중학교에서 미술 보조 교사로 일했고, 린아는 동네 음식점에서 서빙을 했다. 애린이는 매일 정장을 입고 출근했다. 일하는 모습을 직접 보고 싶었지만 그럴 수 없어 아쉬웠다. 린아가 서빙 하는 식당에는 일주일 내내 손님으로 가서 저녁을 먹었다. 내 아이가 주문지를 받아 들고 서서 어른들과 이야기하는 모습을 멀리서 보는 것만으로도 대견했다. 사회 공간에 서 있는 아이는 집에서 보던 모습과 달랐다. 그렇게 하나하나 배우며 독립해 가는 것 같았다.

엄마가 되었을 때 소원했던 초심으로 돌아가서 다시 묻는다. 중간 점검 같은 거다. 몸이 건강하고, 마음이 편안하고, 호기심이 많은 아이로 자라고 있는지. 혹시 내게 다른 욕심이 생겨서 정작 가장 중요한 것을 잊지 않았는지 반성

했다. 그런데 엄마만 반성한다고 되는 일은 아니다.

아이들이 잘 성장해서 자기답게 살 수 있으려면, 학교와 사회가 도와줘야 할 것들이 있다. 학교는 아이들이 진짜 좋아하고 하고 싶은 일을 찾도록 안내해 주고(나아가 그 일을 잘할 수 있도록 준비시키고), 사회는 어떤 일을 하든 기본 생활이 가능하도록 안전망을 갖춰 주어야 한다. 최저 임금이 정말 최소한의 생계를 보장해야 하고, 그래도 부족한 부분은 국가가 보충해 줘야 한다. 최근 여러 나라에서 논의되는 보편적 기본 소득(Universal Basic Income) 제도도 충분히 고려해 볼 만하다. 아이들이 모두 다 좋은 직업을 가질 수도, 좋아하는 일을 하면서 살 수도 없는 것이 자명하다면, 경쟁을 부추기기보다는 다른 방법을 마련해 줘야 한다. 그러지 않으면 아이들에게 너무 미안하지 않은가.

2020년 7월 20일

건강한 관계도
배워야 안다

시간이 지난 뒤 후회한, 그때로 다시 돌아간다면 절대 하
지 않았을 일을 겪은 적이 있다. 거기 어떤 위험이 도사리
는지, 그게 어떤 결과를 초래할지 배운 적은 없었다. 내
가 마땅히 지켰어야 할 경계가 무엇인지 몰랐다. 그게 무
너졌을 때의 혼란을 설명할 언어도 없었다. 어쩌면 '경계
(Boundary)'라는 말조차도 내 사전에는 없었는지도 모른
다. 그걸 배워야 아느냐고 탓할 수도 있는데, 어떤 사람들
은 어리석어서 타인에겐 명백히 보이는 징조를 알아채지
못하고 멈춰야 할 때도 결단하지 못한다. 애초 밝은 눈을
가지고 볼 수 있었다면 하지 않았을 말과 행동을 경솔하게

하고, 그에 따른 고통을 온전히 겪는다.

조언과 도움을 어떻게 요청할까

나는 다른 사람과 어떻게 지내는 게 건강한 관계인지 제대로 배운 적이 없다. 학교에서는 '어른을 공경하고 친구들과 사이좋게 지내라.'라고 했다. 아버지는 '근면 성실함'을 칭찬했고, 어머니는 '착하면 된다.'라고 했다. 당신들이 산 세상이 그랬고, 그렇게 자신이 배운 것을 일러 주었다. 그런데 살아 보니, 삶은 온통 지뢰밭이다. 공경, 성실, 친절, 배려 같은 것만으로는 위험을 피할 수 없다. 내 아이들은 좀 더 안전하게 건넜으면 좋겠다.

영국 학교에 2020년 9월부터 필수 교과로 도입되는 '관계 맺기' 교육 과정을 찾아본 것은 이제라도, 그렇게라도 내가 배우고 싶어서였다. 학교에서 가르치는 게 모두 정답은 아니지만, 그리고 문화적 차이가 있겠지만, 그래도 이런 문서가 지도나 나침반 역할은 해 줄 것 같았다.

이 과목에서 다루는 내용은 몇 가지 영역으로 구분돼 있었다. 초등학교에선 가족 혹은 나를 돌봐 주는 사람들, 친구 사이의 배려, 존중하는 관계, 온라인에서의 관계, 안전하기(Being Safe)를 다룬다. 중학교에선 그것을 심화해서 여러 형태의 가족, 존중하는 관계, 온라인과 미디어, 안전하기, 친밀하고 성적인 관계와 성 건강을 가르친다.

이 가운데 '안전하기'에서 무엇을 가르치는지가 궁금했다. 인간관계의 지뢰밭을 건너는 데 필요한 최소한의 보호 장비가 무엇인지 일러 줄지 모른다는 기대를 했다. 교육 목표 가운데 이런 것이 눈에 띄었다.

초등학생(11세까지)은

— 또래 혹은 다른 이들과의 관계에서 어떤 종류의 경계들(Boundaries)이 적절한지를 안다.

— 자신의 몸은 자기 것이라는 점을 이해하고 신체적 혹은 다른 접촉에서 적절한 것, 부적절한 것, 안전하지 않은 것의 차이를 안다.

— 어떤 성인에 대해서 느끼는 불쾌하거나 안전하지 않은 감정을 어떻게 인식하고 보고하는지 안다.

— 조언과 도움을 누구에게 어떻게 요청하고, 그걸 들어줄 때까지 계속 시도하는 방법을 안다.

중학생(16세까지)은

— 성적 동의, 성적 착취, 학대, 그루밍, 강압, 희롱, 강간,
가정 내 학대, 강제 결혼, 여성 할례 등이 무엇인지 그
개념과 이와 관련한 법률, 그리고 이런 행위가 현재와
미래 관계에 어떤 영향을 미칠지 안다.

— 어떻게 적극적으로 의사소통하고, 성적 동의를 포함해
서 다른 이의 동의를 분명하게 인식하고, 언제 어떻게
그 동의를 철회할 수 있는지 안다.

경계, 안전한 관계 맺기의 시작

의무 교육 기간에 필수 과목으로 이런 것을 가르치면(즉
모든 사람을 교육하면), 적어도 '몰라서' 생기는 피해와 가해
는 줄일 수 있겠다. 물론 가르친다고 해서 모든 이가 충분
히 다 배우는 것은 아니다. 그래도 안전을 지키는, 혹은 해
치는 것이 무엇인지 그 이름을 알려 주는 것만으로도 큰 도
움이 될 것 같다. 이름을 아는 것은 존재를 인식하는 것이
다. 함정은 그 존재조차 모를 때 빠지기 쉽다.

초등학생에게 가르친다는 '경계'라는 말이 종일 맴돌았
다. 그래서 스스로에게 질문했다. 나는 나의 경계(들)를 아

는지. 그 경계는 단단한지, 무른지, 유연한지. 그건 본래 내가 만든 것인지 남이 만들어 준 것인지. 나는 그 안에서 안전한지, 외로운지, 고단한지, 편안한지, 위태로운지. 다른이가 경계 안으로 들어올 때 나는 어떻게 대처하는지. 빗장을 거는지, 참고 견디는지, 괜찮다고 해 놓고 후회하는지, 화내거나 미안해하지 않으며 'NO.'라고 말하는지. 나는 다른 이의 경계를 잘 인식하고 존중하는지……. 답은 상황에따라, 상대에 따라 달랐던 것 같다. 젊었을 때는 '그래도 된다.' 하고 허용했던 일에 대해 이제 좀 더 분명하게 알게 된것이 많다. 그래서 지금은 덜 다치고 덜 고단하다. 다른 이의 경계에도 민감해져서 아무렇지 않게 침범하는 일도 줄었다(고 믿는다).

우리 아이들은 자기 경계를 알아 가면서 자라고 있는 걸까? 안전함을 느끼는 물리적 경계(Physical Boundary)를 잘알아서 불편한 신체 접촉이나 안전한 공간을 침범당하는것에 분명하게 거부 의사를 전달할 수 있을까? 자신의 지적 경계(Mental Boundary)를 소중히 여겨 남의 의견을 따라가지 않고 독립적으로 생각하고 의견을 말할 수 있을까? 타인의 기대나 요구가 아닌 자신의 욕구와 필요를 아는 정서적 경계(Emotional Boundary)를 만들어 나가고 있을까? 그렇다면 좋겠다. 그래야 타인의 감정까지 자기 탓이라 여기며 쓸데없는 자학을 하지 않고, 자신의 감정을 타인이 책임져야 한다고 부당한 원망을 갖지 않을 수 있다. 나보다는 수월하게 할 수 있을 것 같다. 이 아이들은 적어도 자신의 안전을 지키는 언어를 알기 때문이다.

언어조차 몰랐던 나는 자꾸 아이에게 질문했다.

"자신의 경계는 어떻게 알 수 있지?"

애린이 말했다.

"그건 도전받고 침범되는 경험을 하면서 점점 분명히 알게 되는 것 같아. 경험을 통해 확실해지긴 하지만 그렇다고 고정 불변한 것은 아니고 시간이 지나면서 변할 수 있으니 유동적이기도 해. 그리고 경계는 개별적이고 고유한 것이라서 사람마다 다 달라. 마음이 언제부터 불편해지는지, 어디까지 그 불편함을 허용할지는 구체적인 대상·상황·맥락·신념이나 성격에 따라 다르니까, 일반적인 기준을 들이대면서 너무 까칠하다느니 너무 민감하다느니 하면서 다른 사람의 경계를 비판하면 안 돼. 굳이 원칙을 들자면, 각자의 경계가 어디에 있든 상대가 불편하다고 말하면 거기서 멈추고 상대의 의사를 존중해야 한다는 것 정도가 아닐까. 타인의 고유한 경계를 자기 기준에서 정해 버리거나 타인의 경계를 아무렇지 않게 침범하는 것은 둘 중 하나지. 무지하거나 우월한 권력을 행사하는 것이거나. 아니면 둘 다이든가. 그럼 최악인 거지."

자기 함정을 파는 위험을 줄이기 위해

건강한 '관계 맺기'를 굳이 학교에서 교과목으로 가르쳐야 하는 것인지는 잘 모르겠다. 가르친다고 다 잘 배우는 것도 아닐 거다. 그래도 자기를 지키고 타인을 존중하는 언어와 문법을 알면 인간관계에서 어리석음이 자기 함정을 파는 건 줄일 수 있을 듯하다. 학교에서 못 하겠으면 집에서라도 해야 하는데, 그걸 잘 가르쳐 줄 수 있는 부모가 얼마나 될지 모르겠다. 부모도 배워 본 적이 없다면.

2020년 8월 3일

누구에게나
국·영·수가 필요할까

'선택할 수 있는' 사람과 '선택할 수 없는' 사람 중에 어느 편이 되고 싶으냐고 물으면, 누구나 전자를 택할 것이다. 선택할 수 있는 사람들은 아무래도 힘을 가졌다. 그 힘은 권력·지위·돈·인맥 같은 외적 자본일 수도 있고 결단력·자기 이해·자유나 초월처럼 내적 마음 상태일 수도 있겠다. 교육과 관련해서, 선택하는 권력은 누가 가지고 있을까? 가장 힘이 없는 사람은 역시 학생이다.

학생이었을 때를 돌아보면, 내가 선택할 수 있는 것은 거의 없었다. 물론 소소한 것들, 이를테면 중간고사 끝난 날 뭘 할지, 학교 앞 분식집에서 뭘 먹을지 같은 것은 내가 결정했다. 그러나 내 삶에서 훨씬 중요한 일들은 거의 다른 사람들이 정해 놓은 것을 따랐다. 이를테면 학교에서 무엇을 공부할지, 하루를 어떻게 보낼지는 내가 정한 게 아니었다. 1980년대 중반, 고등학생이었던 나는 학교에서 열여섯 개 과목을 공부했고 그걸 다 대입 학력고사로 시험을 봤다. 3년 내내 도시락 두 개를 싸 들고 학교에 가서 야간 자율학습까지 마치고 집에 왔다. 물론 과목 중에는 '선택' 과목이란 게 있었고, 늦게까지 남는 것도 '자율' 학습이었다. 그러나 당시에 한국에서 학교를 다녀 본 사람이라면, 그게 얼마나 허울 좋은 말인지를 안다.

시험 볼 과목을 선택한다

영국도 중학교까지는 국가 교육 과정에 따라 꼭 들어야 하는 과목이 정해져 있다. 영어, 영문학, 수학, 과학(생물·화학·물리), 미술, 디자인, 컴퓨터, 지리, 역사, 음악, 체육, 외국어, 시민, 종교, 인간관계와 성교육 같은 과목이다. 중학교 마지막 2년 동안은 본격적으로 GCSE 시험 준비를 한다. 이때는 자기가 시험 볼 과목만 공부한다. 보통 8~9개 과목이다. 영어, 영문학, 수학, 과학은 필수 과목이지만 그 외

과목은 학생들이 선택한다. 선택할 수 있는 과목은 다양하다. 우리 아이들이 다닌 중학교에는 국가 교육 과정에 있는 과목 외에 영화학, 드라마, 댄스, 텍스타일, 3D 디자인, 그래픽, 사진, 건강과 돌봄, 환대와 요식 과목도 개설돼 있었다. 학생이 선택한 GCSE를 보면, 그가 어떤 분야에 관심이 있는지 대강 알 수 있다. 우리 아이들은 역사, 지리, 미술, 영화학을 골랐다.

애린이가 제일 심혈을 기울인 과목은 미술이었다. 2년 동안 다양한 매체로 작품을 만들고, 작가 연구나 작품 구상 과정을 기록해서 포트폴리오를 채워 나갔다. 미술 과목에 쓴 시간이 수학이나 영어에 쓴 시간을 다 합친 것보다도 훨씬 많을 거다. 린아는 미술 대신 영화학을 선택했다. 나중에는 과제로 시나리오도 썼다. 호러물인데 상징과 이미지를 영리하게 써서 기괴한 플롯을 만들었다. 자기가 선택한 과목을 이렇게 공부하면서, 아이들은 이 방향을 계속 추구할지 말지에 대해 감을 잡는다. 애린은 계속 미술을 하기로 했고, 린아는 영화감독이 되려면 천재여야 한다며 그 길을 접은 것 같다. 선택해 봐야 자기가 좋아하는 것, 할 수 있는 것, 하고 싶은 것이 뭔지 구체적으로 그려 나갈 수 있다. 선택하는 자유가 있어야 탐색할 기회도 얻는다. 한국의 대학에서 "내가 좋아하는 것이 뭔지 잘 모르겠다."라고 말하는 젊은이들을 만난 적이 있다. 그들도 좀 더 일찍 자기가 배우고 싶은 것을 선택해 볼 기회가 있었다면 다르지 않았을까?

필수 과목 없는 고등학교

11학년을 마치면(만 16세, 우리나라로 치면 고1) 중학교를 졸업한다. 졸업 뒤 진로는 크게 세 갈래로 나뉜다. 일반계 고등학교에 가서 A 레벨 시험을 보고 대학에 가거나, 직업계 고등학교에 가서 자격증을 따고 취업하거나, 아니면 직업 현장에서 도제 훈련을 받는다. 어느 길을 선택하든 열여덟 살이 될 때까지 2년 동안은 교육과 훈련을 받아야 한다. 여기까지가 '의무 교육'이다. 어떤 경로로 가서 무엇을 배울지는, 중학교 과정을 거치면서 대략 알게 된다. GCSE로 무슨 과목을 선택했는지만 봐도 가늠할 수 있다.

고등학교는 2년이다. 일반계 고등학교의 경우, 자기가 A 레벨 시험을 치를 과목만 선택해서 공부한다. 교육 과정에 필수 과목은 없다. 선택할 수 있는 A 레벨 교과목은 100

개가 넘는다. 일반적인 과목은 철학, 역사, 영어, 영문학, 수학, 고등 수학, 생물, 화학, 물리, 지리, 정치, 심리, 종교, 법, 경제, 사회학, 고대사, 고대 문명, 비즈니스, 미디어, 영화, 컴퓨터 공학, 전자 공학, 미술, 디자인, 텍스타일, 댄스, 드라마와 무대 연구, 그래픽 커뮤니케이션, 음악, 사진, 체육, 프랑스어, 독일어, 스페인어 같은 과목들이다. 이 중 세 과목만 선택하면 된다. (욕심내면 네 과목도 선택할 수 있지만, 우린 곧 세 과목도 벅차다는 것을 알았다.) 이런 이야기를 하면, 고등학교에서 영어나 수학도 배우지 않느냐고 묻곤 하는데, 그 과목을 선택하지 않은 학생은 배우지 않는다. 대학에서 특정 전공은 관련 과목의 A 레벨 성적을 요구하는 경우가 있기 때문에, 그걸 잘 따져서 선택하면 된다. (예컨대 미술을 전공하려면 미술 과목 A 레벨 성적이 필요하다. 영어나 수학 성적은 필요 없다.)

애린이가 고등학교에 가서 처음 고른 과목은 영문학, 수학, 미술이었다. 한국에서 온 지 얼마 안 된 그때는 수학을 차마 놓지 못했다. 영어와 수학을 잘해 두면 대학 진학에 도움이 될 거라고 막연히 생각했다.(엄마의 욕심도 한몫했다.) 몇 수 지난 뒤, 애린이는 좋아하지도 않는 수학을 잡고 계속 씨름하는 것이 무의미하다는 것을 알았다. 그래서 수학을 버리고 철학을 선택했다. 잘한 일이었다. 철학과 문학이 주는 인간에 대한 이해와 안목은 이 아이가 예술가로 성장하는 데 크게 기여할 것임이 틀림없었다.

애린이는 2020년 7월, 고등학교를 졸업했다. 대학은 가지 않았다. 1년 동안 안식년을 갖고 싶다고 했다. 고등학교 졸업 뒤 바로 대학에 진학하지 않고 한 해 휴식하는 것을 '갭 이어(Gap Year)'라고 한다. 갭 이어를 보내는 청년들은 보통 여행을 떠난다. 애린이는 다른 것은 전혀 하지 않고 그림만 그리면서, 대학 가는 것에 대해 생각해 보겠다고 했다. 물론 지지해 줬다. 대학은 충분히 생각해 보고 가고 싶을 때 가면 된다고 말했다. '가고 싶지 않으면 안 가도 된다.'라고 말해야 하는데, 아직 그 말은 안 나온다. 올해 받은 A 레벨 성적은 그때 쓰면 된다. 내가 받을 교육과 내 삶의 일정을 자기가 결정할 수 있다는 건 꽤 근사한 일이다.

고교학점제, 많은 '필수'를 걷어 내자

한국 교육도 그동안 학생의 선택권을 확대하는 방향으로 발전했다. 2025년부터는 '고교학점제'를 전면 시행한다고 한다. "고교학점제는 학생들이 진로에 따라 다양한 과목을 선택 이수하고 누적 학점이 기준에 도달할 경우 졸업을 인정받는 제도"다. 반가운 일이다. 정말 그 취지대로 "개인의 다양성을 존중하고, 필요한 역량을 키우고, 잠자는 교실을 깨우면"(교육부 누리집) 좋겠다. 그러려면 기존 틀을 근본적으로 바꾸는 큰 결단과 사람들의 지지가 필요할 거다.

나는 고교학점제가 잘 작동하려면 학생에게 요구해 온 많은 '필수'를 걷어 내는 일이 우선돼야 한다고 생각한다. 그러지 않으면 마치 콩쥐에게 자갈밭 갈고 깨진 독에 물 채운 뒤 잔치에 가라고 하는 모양이 될 수 있다. 그러면 잔치는 못 간 채 부지런한 콩쥐들은 계속 일하고, 좌절한 콩쥐들은 계속 잠잘 가능성이 크다. 2025년 전면 시행이라니 아직 시간이 있다. 학생들이 자기 교육의 결정권을 갖는 것이 어떤 모습일지, 그러려면 어떤 조건을 마련해 줘야 하는지 많은 이가 함께 고민하고 만들어 나가면 배움이 잔치가 되는 멋진 날이 올지도 모른다.

2020년 9월 28일

오뚝이처럼
다시 책상으로

다큐멘터리「블랙핑크: 세상을 밝혀라」가 넷플릭스에 올라
왔다. 린아가 동갑내기 남자 친구 타이와 함께 볼 거라며,
관심 있으면 같이 보자고 했다. 물론 관심 있다. 블랙핑크
는 린아와 타이가 사랑하는 뮤지션이다. 나는 그전에는 큰
관심이 없다가 일전에 아이들이 보여 준 뮤직비디오를 섭
렵한 뒤 팬이 되었다. 이 거침없이 당당한 여성들의 음악과
퍼포먼스는 독특하고 세련됐다. 자랑스러움이 불쑥불쑥 올
라오는 것을 보면, 팬심을 넘어 자꾸 딸 가진 엄마의 마음
이 되기 때문일 거다. 오늘도 다큐멘터리 막판에 눈물이 났
다. 그들이 일궈 낸 각고의 노력과 성장이 애틋하고 대견해

서 그랬다.

문제점에만 집중하니 답이 안 보인다

교육에 대해 글을 쓰는 건 여러모로 괴로운 과제였다. 하필이면 내가 쓰는 칼럼 제목이 '시험과 답'이라, 시험 얘기를 해야 할 것 같은데 답을 모르겠고, 한편으로는 이 글쓰기 자체가 시험인 듯해 답안 작성하는 악몽을 며칠 꾸기도 했다. 자꾸 한국 교육의 '문제점'이 먼저 떠오르는데 그건 이미 누구나 다 아는 얘기다. 과열 경쟁, 입시 교육, 선다형 시험, 계층에 따른 교육 불평등, 학력별 소득 격차 같은 문제는 너무 익숙해서 제대로 다루지 못할 바에야 피로감만 가중한다. 교육 문제라지만 따지고 보면 교육 분야에서 해결할 수 있는 문제도 아니다. 입시 경쟁도 근본적으로는 고용 시장, 직업 지위, 직종별 임금 격차 같은 사회 경제 구조와 얽혀 있다.

훈수랍시고 외국 사례를 소개하는 것도, 워낙 사회 문화적 맥락이 달라서 얼마나 도움이 될지 모르겠다. 처음에는 내가 경험한 영국 교육이 우리가 가는 '방향'을 점검하고 새 시도를 하는 '상상력'을 주는 데 도움이 될 거라고 믿었다. 그런데 보면 볼수록 두 사회가 작동하는 방식이 너무 다르다. 여기도 나름의 다른 교육 문제가 산적해 있다. 그 문제가 우리 것보다 더 가벼워 보이지도 않는다.

무력감을 떨쳐 보려고 관점을 바꿨다. 우리 교육의 '좋은 점'을 찾기로 했다. 어린아이라도 자꾸 잘못만 지적하면 기가 죽는다. 자존감이 낮아지면 자기가 가진 장점도 잊어버린다. 누구나 아는 문제에는 일단 눈감고, 좋은 점, 우리가 잘하는 것, 칭찬할 만한 것을 찾아보자. 질문이 바뀌면 새로운 답이 보일지도 모르겠다. 두 세계 교육의 경험자이자 관찰자인 우리 식구들에게 물어봤다.

기본적으로 옳은 일을 하는 사람들

영국인 남편은 한국 대학에서 20년 동안 영어를 가르쳤다.

"좋은 점이야 아주 많지. 한국 학생들은 뭐든 열심이야. 성실함이 완전 몸에 밴 것 같아. 근로 윤리는 세계 최고일걸? 전반적으로 능력도 뛰어나. 외국어도 잘해. 영어에 자신 없어 하지만, 거의 모든 사람이 영어를 읽고 쓸 수 있어. 교양도 풍부해. 피아노를 칠 줄 아는 사람이 아주 많아. 순발력, 문제 해결력, 창의력도 탁월하지. 무슨 문제가 생기면 어떻게든 방법을 찾아서 신속히 해결해. 그리고 내가 만난 사람들은 대부분 매우 도덕적이었어. 기본적으로 옳은 일을 하려고 해. 그게 한국 교육의 결과라면, 거긴 분명 훌륭한 점이 있다고 봐."

한국에서 6년, 영국에서 4년을 공부한 린아의 대답은 이랬다.

"한국 학생들의 강점은 어려움에도 좌절하지 않고 다시 일어나는 회복력(Resilience)이 아닐까? 여기 애들은 그런 힘이 부족한 것 같아. 멘털도 약하고 벌써 약물 중독된 애들도 있어. 나는 경쟁이 그렇게 나쁘다고 생각하지 않아. 사람들에게 목표나 방향을 제시해 주잖아. 그게 없으면 사람들은 길을 잃고 무력해지는 것 같거든. 여긴 그런 애가 많아."

한국 학생들의 강점이 레질리언스('회복 탄력성'이라고 번역하는 학자도 있다.)라고 말하자, 괜히 내가 칭찬받는 기분이 들었다. 오뚝이처럼 벌떡 일어나 책상 앞에 앉았던 옛날이 생각나서였나.

내친김에 하나 더 물었다. 혹시 한국 교육과 관련해서 제안하고 싶은 것이 있어? 애린이가 말했다.(한국에 있었으면

고3이다.)

"나는 내 친구들이 외국에서도 일할 기회가 많으면 좋겠어. 어차피 한국 안에서는 좋은 대학도, 괜찮은 직업도 희소하니까 그렇게 경쟁이 치열한 거잖아. 그 안에서 그렇게 경쟁하게 하지 말고, 차라리 외국에서 일할 수 있는 정보도 주고, 네트워크 연결도 해 주고, 계획서를 내면 지원금도 주고 그러면 좋을 것 같아. 애니메이션 업계만 해도, 한국인이 없으면 디즈니 애니메이션을 만들 수 없을 만큼 우리 실력이 좋거든. 잘하고 열심히 하는 사람들이 어디서든 일할 수 있게 격려하고 도와주면 좋지 않을까?"

맞다. 젊은이들을 팔팔 끓는 냄비에 가둬 두지 말고 차라리 냄비 뚜껑을 열어 주는 것도 하나의 답이 될 수 있겠다. 사회 불평등 구조를 바꿀 수 없다면, 차라리 학생들이 그걸 박차고 구조 밖으로 탈출할 수 있게 교육이 도와주는 게 옳을지도 모르겠다.

'K 교육'을 받은 학생들의 무대

블랙핑크 다큐멘터리를 봐서일까? K 팝과 한국 교육이 닮은 점이 있다고 생각했다. 한때 서양 언론이 K 팝 그룹을 소속사에서 찍어 낸 상품쯤으로 치부할 때가 있었다. 영리하게 짜 맞춘 멤버 구성, 하나같이 예쁘고 잘생긴 얼굴, 화려한 칼 군무는 예술이 아니라 기술로 폄하됐다. 훈련 과정도 도마 위에 올랐다. 사생활을 포기하고 먹고 자는 기본 욕구조차 통제된 채 몇 년 동안이나 진행하는 훈련, 경쟁 시스템, 착취 구조 문제가 폭로됐다. 그때는 나도 덩달아서 비판했는데 이제 생각이 바뀌었다.

연예 산업의 착취 구조는 어느 나라에나 있는 문제다. 물론 남들도 잘못한다고 우리 안의 문제를 덮자는 건 아니다. 영리하게 기획된 밴드는 서양에도 얼마든지 있다. 그럼에도 K 팝을 꼬집어서 비판하는 건, 서양이 동양에 대해 갖는 우월감을 반영한 것일 수 있다. 처음부터 이 장르를 '예술의 한 형태'로, 이들을 '아티스트'로 인정할 생각이 없었는지도 모른다. 이런 비판에 가장 상처 입은 이는 그 순간에도 땀 흘려 연습하던 젊은 아티스트들이었을 거다. 마찬가지로 한국 교육의 '문제점'만 자꾸 얘기하면 정작 그걸 열심히 하는 학생들은 힘이 빠질 것 같다.

비판과 역경을 딛고 K 팝이 지금의 경지에 오른 것은, 그들이 흘린 '피 땀 눈물'의 결과다. 일찌감치 해외 시장으로 눈을 돌려 그에 맞춰 준비한 회사의 기획력도 도움이 되었다. 무엇보다도 K 팝 아티스트가 만들어 내는 음악이 충분히 매력적이었다. 한국 학생들도 열심히 노력한다. 그 성실함과 능력은 세상 어디에 내놔도 손색없다. 그걸 세상에서 펼칠 출구를 찾아 주자. 누구나 BTS나 블랙핑크가 될 수는 없겠지만, 그래도 자기에게 맞는 크고 작은 무대에 설 자격은 누구에게나 있다. K 교육으로 훈련받은 학생들이 설 수 있는 무대가 이 세상 어딘가 분명 있을 거다. 그걸 상상하고 꿈꿀 수 있다면 좋겠다.

2020년 11월 2일

반 발짝 뒤에 서면,
비로소 보이는 것들

2021년 새해 계획은 '아이들과 함께 사는 지금을 매일 즐기는 것'이다. 그 시간도 얼마 안 남았다. 올해 애린이가 대학에 간다. 9월이 되면 집에 없다. 내년에는 린아도 떠난다. 그러면 우리가 모두 한 지붕 아래 모여 있는 오늘같이 흔한 날이, 달력에 동그라미 쳐 놓고 기다리는 특별한 날이 될 거다.

내 인생 최대의 사건은 엄마가 된 것이다. 살면서 한 번도 후회한 적 없는 드문 일 중 하나이다. 내 선택이 아니었다. 그건 린아가 알려 줬다.

오래전 어느 날 내가 말했다.

"엄마가 어쩌다가 너희를 만나게 됐는지, 정말 하늘의 선물 같다."

그 말을 린아가 받았다.

"엄마, 나 다 생각나. 하늘에서 우리가 부모를 고르고 있었거든."

그러면서 검지를 좌우로 움직이며 태블릿 피시 스크린을 넘기는 시늉을 했다.

"그러다가 언니랑 이 집을 골랐어. 누가 먼저 갈까 가위바위보를 했는데 언니가 이겨서 먼저 태어난 거야."

마치 자기가 경험한 것을 회상하듯이, 린아는 거짓 하나 없다는 얼굴로 말했다.

"왜 우리 집이었는데?"

"그냥……. 괜찮은 사람들 같았어."

나는 이 말을 오래 새겼고, 믿었다. 그리고 아이들이 그 선택을 후회하지 않도록 괜찮은 사람이 되고자 했다.

즐거움에 똑같은 권리를 가진다

양육은 어차피 부모가 큰 권한과 책임을 지닐 수밖에 없다. 그래도 즐거움에 관한 한 되도록 평등하려고 했다. 아이들에게 맞추느라고 어른의 재미를 포기하고 싶지 않았고, 어른한테 맞추느라 아이들을 지루하게 하고 싶지도 않았다.

우리 식구는 아이들이 어릴 적에 종종 '유튜브 시간'을 가졌다. 그건 내가 좋아하는 것을 소개하면서, 동시에 식구들의 관심과 취향을 알 수 있는 좋은 오락이었다. 하다 보니 규칙이 생겼다. '가족이 모두 모여 앉는다. 좋아하는 동영상을 돌아가면서 보여 준다. 한 사람당 최대 20분을 넘기지 않는다. 20분이 넘을 때는 다음 돌아오는 차례에 보거나 다른 사람 시간을 빌릴 수 있다.' 가장 중요한 룰은 '다른 사람이 고른 것을 평가하지 않고 재미있게 봐 주기'다. 저녁 먹고 시작했는데 야식으로 과자 봉지를 뜯고 라면을 끓여 먹은 날이 많았다. 밤늦게까지 그렇게 놀면서 아이들은 엄마 아빠가 좋아하는 노래를 들었고, 우리는 아이들이 무엇에 웃는지를 알았다. (부모님이 돌아가시기 전에 두 분과 이렇게 하룻밤을 보낸 적이 있었다. 내리사랑이라고 아이들과는 자주 기꺼이 이렇게 놀면서 부모님과는 딱 한 번 그리했다. 그러고서 그제야 그분들 마음속에 들어 있는 노래가 무엇인지 알았다.)

이 전통은 팬데믹 상황에서 다시 빛을 발했다. 코로나 19로 등교 수업이 중단되고 식구들이 모두 집에 갇혀 오늘이 어제와 같고 내일도 크게 다르지 않은 그런 날이 계속되자 우리는 저녁을 먹고 하루에 한 편씩 영화를 보기로 했다. 식구네 명이 한 사람씩 돌아가면서 그날 볼 영화를 골랐다.

그렇게 2020년 봄부터 가을까지 거의 200편의 영화를 봤다. 취향이 다 달랐다. 나 혼자는 절대로 보지 않았을 장르와 감독의 작품을 접한 것은, 영화와 시각 예술에 관심이 많은 딸들의 기여가 컸다. 아이들이 고른 영화를 보면서 이제 다 자란 젊은이들이 대견하기도 하고, 흘러간 시간이 아쉽기도 했다. 아쉽다고 잡아 둘 수도 없는 노릇이다. 그래서 조금씩 떠나보내는 연습을 하고 있다. 일단 아이들이 가르쳐 준 이 방법을 실천한다.

반 발짝 물러나 있기

극장이 문을 열었을 때 이야기니 벌써 2년 전쯤 일이다. 런던에 뮤지컬 「해밀턴」을 보러 갔다. 비싼 입장료가 아까워서 안에서 할 수 있는 일은 다 하고 싶었다. 빅토리아 극장의 샹들리에와 창, 원형 기둥과 계단을 배경으로 아이들 사진을 찍었다. 아이가 맘에 들어서 인스타그램에라도 올려 주면 보람 있겠다 싶었다. 그런데 한국에서 사 온 휴대 전화는 촬영 버튼을 누를 때마다 '찰칵' 소리를 냈다. 린아는 사람들이 흘끗대는 것 같아 신경이 쓰였나 보다. 전화기를 달라고 하더니 지금까지 찍은 사진들을 손가락으로 휙휙 돌려 보면서 "여기는 조명도 그렇고 어차피 잘 안 나와. 그냥 찍지 마."라고 말했다. 거기서 멈췄어야 했는데, 두세 장을 더 찍었다. 그러자 이번에는 미간을 찌푸리며 말했다. "엄마, 진짜 하지 마. 사진은 내가 찍어 달라고 할 때만 찍어." 알았다고 말하고 휴대 전화를 주머니에 넣으면서 마음이 상했다. '너 좋으라고 한 일인데 싫다 이거지……. 이제 어디 찍어 주나 봐라…….' 옹졸해진 마음이 입을 뾰족하게 만들었다.

그로부터 며칠 뒤 린아가 내게 와서 사진을 좀 찍어 달라고 했다. 이제 안 입는 옷을 온라인 중고 장터에서 판다며 그 옷을 입고 찍은 사진을 올려야 한단다. 태도는 한결 공손했다. "물론이지!" 기억력이 나쁜 건지 모든 엄마가 그런 건지, 나는 속도 없이 말하며 벌써 휴대 전화를 챙겨 들고 일어섰다. 린아는 정확하게 '작업 지시'를 했다. 목 아래부터 무릎까지 측면에서 찍으라든지, 사진 초점을 목걸이에

맞추라든지, 패턴을 클로즈업하라든지. 나는 시키는 대로 했고, 괜히 그 선을 넘어서 과하게 작품 사진을 찍으려는 헛된 꿈을 꾸지 않았다. 요청대로 해 주니 아이는 고맙다고 했고 몇몇 사진은 마음에 든다고 했다. 사랑한다고까지 했다. 내가 듣고 싶었던 말이 다 쏟아졌다.

이날 배운 값진 교훈은 이거다. '나는 앞으로 부탁하기 전에 미리 해 주(고 상처받)지 않으리라. 부탁하면 (더도 말고) 그것만 하리라.' 지난 2년 동안 그렇게 했다. 그러자 아이들은 고맙다는 말을 더 자주 하고 뭘 보여 주면서 말을 거는 날이 많아졌다. 어려운 일도 아니었다. 그저 힘 빼고 반 발짝만 물러서 있으면 되는 일이었다.

앞으로, 반 발짝이 아니라 한 발짝 물러나 있어야 할 때가 올 거다. 아이들이 내 눈앞에 보이지 않을 때가 곧 오리라는 것도 안다. 그래도 아직 마음을 다 비우지는 못했다. 그렇게 물러나 있으면 어른이 된 그들이 어느덧 내 옆에 친구로 서 있지 않을까 하는 바람을 가슴속에 품고 있다. 내가 엄마에게 해 주지 못했던 그것을, 나는 감히 딸들에게 바라고 있다.

2021년 1월 4일

당신은 학부모입니까,
부모입니까

시작할 때는 학생이 몇 명 있더니, 얼마 안 돼 다들 자리를 뜨고 J 혼자 남았다. 어른들만 있는 강연장에 중1 여학생이 끝까지 앉아 있는 건 드문 일이다. 이 아이가 누군지 궁금해졌다. 그래서 질의응답 시간에 내 편에서 말을 걸었다.

"뒤에 앉은 학생은, 혹시 질문이나 하고 싶은 말이 있나요?"

J가 머뭇거리다 이렇게 물었다.

"어떻게 해야 엄마가 잡은 줄이 길어지나요?"

지난겨울, 국어 선생님 한 분이 초대해 줘서 서울에 있는 중학교에서 '작가와의 대화'라는 것을 했다. 선생님과 학부모가 30명쯤 모였고, J도 거기 있었다. 그날 나는 책 내용과는 별로 상관없이 우리 어머니 이야기를 했다. 아무래도 거기 모인 사람들의 공통 관심사는 아이들 키우는 문제일 것 같았다.

"엄마는 우리를 키울 때 '줄을 길게 잡았다.'라고 말씀하셨어요. 양육의 줄을 너무 바투 잡지도, 그렇다고 놓아 버리지도 않았다고요. 덕분에 저는 자유롭게 자란 것 같아요."

J는 아까 한 이 말을 계속 생각하고 있었나 보다. J의 질문에 어른들은 조용히 웃었지만 나는 대답이 막막했다.

"글쎄, 그건 엄마한테 여쭤봐야 할 것 같은데."

겨우 이렇게 대답했더니, 앞에 앉아 있던 선생님이 말했다.

"어머니가 여기 계세요."

이렇게 되면 어머니를 지목하지 않을 수 없다. 조심스럽게 물었다.

"어머니, 혹시 줄을 길게 잡는 게 어렵다면 그건 왜 그럴까요?"

"불안해서인 것 같아요. 혹시 아이가 잘못될까 봐."

아이를 잘 키우고 싶은 마음을 흔들면

엄마들은 두렵다. 내가 잘못해서 아이에게 필요한 것을 놓칠까 봐, 남들은 다 갖는 좋은 것을 주지 못할까 봐 불안하다. 2005년에 나는 경기도에서 영어 학원을 시작했다. 2008년에 이명박 정부가 들어서자, 영어 조기 교육 붐이 일었다. 한국 사회는 '영어 학습의 결정기'를 놓치면 아이가 평생 '오렌지' 발음을 제대로 못할 것처럼 겁을 줬다.

어느 날 젊은 엄마가 여섯 살 된 남자아이를 데리고 상담하러 왔다. 우리 학원엔 6세 반이 없었지만 이런저런 이야기를 나누었다. 그러다가 그 집에 두 살 난 동생이 있다는 것을 알았다.

"그럼, 동생은 지금 누가 보나요?"

"집에 있어요. 자는 것 보고 잠깐 나왔어요."

저런!

"어머니, 영어는 언제든지 아이가 하고 싶어 할 때 시작하면 돼요. 지금은 빨리 집에 가 보시는 게 더 중요한 것 같아요."

젊은 엄마는 갑자기 울기 시작했다.

"괜찮을까요? 주위에서 하도 늦었다고 해서."

"안 늦었어요. 괜찮아요, 진짜로."

아이 손을 잡고 황황히 떠나는 그 엄마를 보면서, 그가 집을 나선 이유는 엄습한 불안을 그 순간에 감당하지 못했기 때문이라고 생각했다. 그이를 탓할 수는 없다. 아이를 잘 키우고 싶은 엄마의 마음을 사회가 경쟁과 성취의 논리로 흔들어 버리면, 양육의 즐거움은 불안과 초조함으로 바뀐다.

행사가 끝나고 J에게 다가가 이야기를 건넸다. 곁에 J의 엄마도 있었다.

"그런데 엄마가 줄을 길게 잡아서 네 마음대로 시간을 쓸 수 있다면 뭘 하고 싶어?"

"읽고 싶은 책을 밤새 읽고……."

이번엔 엄마에게 물었다.

"J가 밤새 하고 싶은 일을 하면 어떨 것 같으세요?"

"학교도 가야 하고 공부도 해야 하는데 걱정되죠."

"그럼, 주말에만 하는 건 어떠세요?"

"토요일 하루라면 괜찮겠네요."

옆에서 듣고 있던 선생님들이 거들었다.

"J는 정말 성실하고 예의 바른 학생이에요. 자랑스러우

시겠어요."(교장 선생님)

"J는 책을 참 많이 읽고 생각도 깊어요. 더는 바랄 게 없는 아이예요."(국어 선생님)

어머니는 보일락 말락 하게 웃었다.

엄마들은 걱정이 많다. 아이들이 이 경쟁 사회에서 낙오될까 봐 두렵다. 그래도 주변에 걱정하지 마시라고, 괜찮다고 말해 주는 사람이 있으면, 불안을 거두고 아이를 온전히 바라볼 수 있게 된다.

뿌리와 날개, 부모가 자식에게 주는 것

오래전에 제법 잘 만든 공익 광고를 본 적이 있다. 부모와 학부모를 대구를 맞춰 비교한 광고였다.

부모는 멀리 보라 하고
학부모는 앞만 보라고 합니다.

부모는 함께 가라 하고
학부모는 앞서가라고 합니다.

부모는 꿈을 꾸라 하고

학부모는 꿈꿀 시간을 주지 않습니다.

"당신은 부모입니까, 학부모입니까?"

A냐 B냐 하고 물으니, 마치 학부모는 부모가 아닌 것 같다. 역설적이게도, '배울 학(學)'이라는 좋은 뜻의 글자가 앞에 붙었는데 '부모'의 좋은 의미가 전복된다.

학부모와 부모. 우리에게는 구별되는 두 단어가, 다른 언어에서는 그냥 하나인 경우가 많다. 영어만 해도 '학부모'라는 단어가 없다. 아이가 학교에 들어간다고 해서 부모에게 다른 이름이 생기는 게 아니다. 다 그냥 부모(Parents)이다. 물론 부모라고 다 같은 부모는 아니다. 방임, 학대, 억압, 조종하는 나쁜 부모도 많다. 좋은 부모가 되는 것은 어느 나라에서나 누구에게나 어려운 과업이다.

나는 '뿌리와 날개(Roots and Wings)'라는 표현을 좋아한다. 좋은 부모에 대해 제법 널리 알려진 인용문이다. "부모가 자식에게 줄 수 있는 것은 두 가지이다. 하나는 뿌리이고 다른 하나는 날개이다." 어린아이가 충분히 사랑받고 자라 신뢰나 소속감처럼 안정적인 마음의 뿌리를 갖게 되면, 세상 밖으로 혼자 나가 자유롭게 날며 탐색할 시간이 온다. 연줄을 풀듯 끈을 길게 잡아 줘야 아이는 날갯짓을 할 수 있다.

어머니를 응원합니다

얼마 전에 "저를 기억하시나요?"라는 제목의 전자 우편을 받았다. "저는 작년 12월에 작가님의 강연을 들은 유일한 학생이었던 J입니다. 저는 그날 이후 엄마와 더 나은 삶을 보내고 있답니다. 제 인생의 터닝 포인트라고 할 수 있을 만큼 정말 많이 행복해졌어요."로 시작하는 긴 편지였다. J를 만난 건 거의 8개월 전이다. 지금까지 어머니와 좋은 관계를 유지하고 있다면, 그 어머니도 정말 대단한 거다. 그날 '줄을 길게 잡겠다.' 하고 마음먹었다 해도, 그걸 지금까지 꾸준히 지키기란 쉽지 않은 일이다. 편지에는 이런 말도 있었다.

"항상 노력해 볼 거예요. 저는 아직 꿈을 꾸고 있으니까요."

J에게 긴 답장을 썼다. J의 꿈을, 그리고 딸의 날갯짓을 지지해 주는 어머니를 응원한다고.

2020년 8월 17일

사교육을 위한
변명

내가 가장 오랫동안 가졌던 직업은 학원 원장이다. 남편과
나는 경기도 우리 동네에 영어 학원을 하나 차려서, 지난해
에 코로나 19로 운영이 어려워질 때까지 16년 동안 초등학
생과 중학생에게 영어를 가르쳤다. 학원을 해 보겠다고 하
니 엄마는 임대 보증금을 마련해 주면서 이렇게 말했다.

"돈은 쫓으면 도망간단다. 그냥 너희가 하고 싶은 일을
하려무나."

우린 셈이 어두워서 어차피 큰돈 벌 꿈은 꾸지 않았다.
밑지지 않게 운영하면서 우리가 잘할 수 있는 일을 재미나
게 하고 싶었다. 뜻을 펼칠 수 있는 교육 '현장'을 하나 가

졌다는 것이 뿌듯했다.

좋은 선생님들과 오랫동안 함께 일했다. 한 아이가 성장해 가는 것을 몇 년 동안 가까이에서 보는 것은 큰 기쁨이었다. 아이들이 살면서 겪는 어려움이 어른의 것보다 결코 작지 않다는 것을 이해하기도 했다. 다행히 내가 만난 아이들은, 판단하지 않고 곁에 있어 주면 시간이 지나면서 좋아졌다. 선생은 그럴 때 보람을 느낀다.

자부심을 가지고 시작한 일인데 시간이 지나면서 학원을 운영하는 것이 그리 자랑할 만한 일이 아니라는 것을 알았다. 언론이나 시민 단체에서 사교육의 문제를 지적할 때면 더 위축되었다. 학원은 선행 학습을 주도하는 사교육 병폐의 핵심이자, 입시 위주 교육에 기생하는 부도덕한 사업장처럼 보였다. 학교 교육이 아닌 부분에서 가르치는 것은 정말 부끄러운 일인 걸까? 학원이 없으면 학교, 나아가 공교육이 제 기능을 충실히 하고, 학생들은 전인적으로 성장하며, 가계 살림이 나아지고, 사회 불평등은 줄어들까? 큰 틀에서 보면 그 말이 맞을 거다. 그래서 나는 학교에서 영어를 잘 가르치면 그때 학원을 접겠다는 생각도 했다. 그때까지는 내 할 일을 잘하고 싶었다.

시장은 소비자의 필요에 의해 형성된다

닭이 먼저냐 달걀이 먼저냐의 문제 같지만, 한국의 교육 문제 때문에 학원도 고충이 많다. 사교육 시장에서 소비자는 학부모이고, 학원은 그들이 원하는 서비스를 판매한다. 그러니 원장이 남다른 교육 철학과 장인 정신으로 무장해서 소비자의 욕구와 상관없이 자기 딴에 좋은 것을 만들어 시장에 내놓으면 대부분 망한다. 우리도 '교육'과 '시장' 사이에서 적당히 타협하면서 아슬아슬하게 균형을 잡아야 했다.

프로젝트 수업을 했다. 그건 세상을 공부하는 좋은 학습 방법이라고 생각한다. 학생들이 직접 주제를 정하고 연구해서 결과물을 다양한 방식으로 만들어 냈다. 영어로 하는 '프레젠테이션(발표)'도 가르쳤다. 적절한 표현을 익히고 연습하면 아무리 기초반이어도 준비한 것을 발표하고 질문에 대답할 수 있었다. 개원 10주년이 되었을 때는 시 문화 회관의 국제 회의장을 빌려서, 학생들이 큰 무대에 서 보도록 했다.(보여 주기 수업이 되면 학생도 교사도 스트레스를 받을 것 같아서 부모님은 초대하지 않고 나중에 자녀의 발표만 녹화 영상으로 보내 주었다.) 나는 텅 빈 객석에 앉아서 언젠가 이들이 어른이 되어 자신의 무대에 당당히 서게 될 날이 오기를 진심으로 바랐다. 구구절절 적으면 다 자랑질이 될, 실험적인 일을 많이 했다. 이게 성공했으면 나는 지금쯤 학원 성공 신화를 써야 한다.

점점 타협해야 하는 일이 많아졌다. 학생들이 중학생이 되자 '내신 관리'를 해 주어야 했다. 중1은 자유 학년제라 여유가 있다지만, 학부모들은 여유가 없었다. 중학교 때 영어를 끝내야 고등학교 때 수학에 집중할 수 있다고 했다. 아무 의미 없는 『중학영문법 3600제』 문제집을 영혼 없이 푸는 일을 우리도 시작했다. 안 그러면 학생들이 썰물처럼 빠져나가니 망하지 않으려면 그 수밖에 없었다. 조용히 고개 숙이고 꾸역꾸역 시시포스의 바위를 올리고 있는 것 같은 아이들을 나는 고작 피자나 치킨 따위를 사 주며 위로했다.

학부모는 학교가 아니라 학원에 요구한다

부모는 학원에 요구하는 것이 많다. 성적을 올려 주길, 숙제를 많이 내 주고 꼼꼼히 점검해 주길, 단어 시험을 자주 보길, 공개 수업을 하길, 친구와 같은 반으로 묶어 주길, 담임 선생님이 자주 전화를 걸어 주길, 실력과 상관없이 '레벨 업' 해 주기를 기대하고 요구한다. 돈을 지불했으니 그만큼의 서비스를 받아야 한다고 믿는다. 어떤 것은 정당하고, 어떤 것은 지나치다. 학교에도 이렇게 요구할까? 공교육의 재원이 세금이면, 그것도 결국 부모가 낸 돈일 텐데 말이다.

　이런 일이 있었다. 아이들은 실내에서도 찬찬히 걷지 않았다. 기회만 있으면 뛰어다녔다. 운동장에서 놀 시간이 없어서 그런가 보다. 어느 날 수업이 끝나자마자 도우미 교사가 말릴 틈도 없이 남자아이 두 명이 건물 밖으로 질주해 나갔다. 앞에 가던 아이가 '슈퍼 파워'를 외치며 유리문을 닫는 바람에 뒤따라 달려가던 아이 얼굴이 유리문에 부딪혔다. 앞니에서 피가 났다. 같은 건물에 있는 치과에 바로 데리고 갔다. 다행히 크게 다친 것 같지는 않았다. 그 며칠 뒤 '피해 학생'의 부모가 '가해 학생'(미안하다. 이렇게 불러서.)과 학원에 치료비로 1,800만 원을 요구했다. 이가 빠지지도 금이 가지도 신경이 다치지도 않았는데, 혹여 나중에라도 빠질 것을 대비해 치아 두 개를 임플란트 하고 80세까지 7년 주기로 교체하는 비용을 청구했다. 과하다고 생각했지만, '동네 장사'를 계속하려면 학부모와 다퉈서는 안 된다. 나는 학원 몫을 지불했다. 의문이 들긴 했다. 이런 일이 학교에서 벌어져도 부모는 이렇게 요구할 수 있을까?

　사고 이후에 나는 아이들에게 보행 연습을 시켰다. 이게 학원에서 가르쳐야 하는 일인지 회의가 들긴 했지만, 아무 데서도 제대로 배우지 못했으면 누구라도 가르쳐야 하는 일이었다. 실내에서 뛰지 않고 걷는 것, 유리문을 열 때는 뒤를 돌아본 뒤 사람이 있으면 문을 잡아 주는 것, 뒷사람은 눈을 마주치며 '땡큐.'라고 말하는 것, 잡아 준 사람은 '유어 웰컴.'이라고 답하는 것. 더 나아가서, 사람들이 앞에 있으면 사이를 비집고 가지 말고 '익스큐즈 미.'라고 말하고 뒤로 돌아가는 것, 부딪히게 되면 '아임 쏘리.'라고 말하는 것, 이런 것들을 시간 날 때마다 화재 훈련처럼 했다. 사실 이건 어른들도 잘 안 하는 일이다. 그래서 한국인들은 영어권 사회에서 때때로 무례하다는 오해를 받는다. '감사합니다.' '별말씀을요.' '실례합니다.' '미안합니다.'만 잘써도 소통의 격이 올라간다. 이런 훈련이 문법 3,600문제를 푸는 것보다 훨씬 더 중요하다고 생각하면서도, 혹시라도 수업을 안 하고 '딴짓'을 했다고 학부모가 항의를 하면 어떻게 하나 걱정이 들었다. 학원에서 시간은 돈이다.

학생은 누구 탓을 해야 하나

미안하다. 나는 계속 남 탓을 한다. 더 좋은 것을 주려고 애쓰는데 그걸 몰라주는 학부모를 탓하고, 영어로 소통하는 데 별로 소용없는 시험 문제로 학생들을 평가하는 학교와 수능 시험을 탓한다. 교사도 학부모도 교육 관료도 교육학자도, 다 서로 물고 물리면서 다른 이들을 탓하고 있을 거다. 그들은 모두 학원 원장들을 탓할지도 모른다. 그런데 정작 학교에서, 학원에서 묵묵히 고개 숙이고 문제집을 풀고 있는 학생들은 지금 누구를 탓하고 있을까? 학생들이야말로 우리 모두를 탓해야 하는데 그마저도 포기했다면, 그게 더 미안하다.

2021년 4월 26일

학생이 대학을
면접할 차례입니다

애린이가 9월에 대학에 간다. 고등학교는 작년에 졸업했는데 대학에 갈지 말지를 포함해서 진로에 대한 고민이 많았다. 한국에서는 청년 열에 일곱이 대학에 가지만 영국에서는 절반만 진학한다.(25~34세 인구 가운데 대졸자 비율도 한국은 69.8%이고, 영국은 51.8%이다. 「OECD 교육지표」, 2020.) 아이는 1년을 쉬며 여러 가지를 따져 봤다.

영국 대학은 해마다 신입생을 유치하려고 '오픈 데이'를 한다. 팬데믹이 아니었다면 캠퍼스를 둘러보고, 교수들의 설명을 듣고, 궁금한 것을 질문했을 텐데 2020년에는 그것도 다 온라인으로 했다. 참석 학생들이 다 줌(Zoom)으로 모였다. 교수가 준비한 발표를 끝낸 뒤에 참석자에게 질문이 있느냐고 물었다. 애린이가 손을 들었다.

"이 학교 졸업생의 취업률이 어떻게 되나요? 주로 어느 분야로 진출하나요? 학생들은 재학 중에 어떤 실무 경험을 쌓을 수 있나요?"

애린이는 1년에 9,250파운드(약 1,400만 원. 2020년 한국의 사립 대학 평균 등록금 718만 원의 두 배다.)나 되는 돈을 내면서 대학에 가는 것이 과연 투자 가치가 있는 일인지 자주 의심했다. 그래서 기회가 있을 때마다 이 질문을 했다.

입학 전형료 안 받는 대학

애린이는 마침내 대학에 가기로 마음먹었다. 교육 과정, 시설, 교수진, 취업률, 졸업생 작품 수준 등을 검토한 뒤 지원할 대학 다섯 곳을 골랐다. 원서 접수는 유카스(UCAS) 웹 사이트를 통해서 해야 한다. 유카스는 입학과 관련된 포털 서비스를 해 주는 기관이다. 웹 사이트에 인적 사항을 입력하고, A 레벨 성적과 자기소개서를 올리면 그 자료를 대학에 전달해 준다. 편리하다.

한국에서는 지원하는 대학에 입학 전형료를 내는데 여

기서는 유카스 수수료 26파운드(약 4만 원) 말고는 돈을 내지 않는다. 사실 생각해 보면, 대학이 '입학 전형료'를 징수하는 것은 이상한 일이다. 좋은 학생을 유치하기 위해 지원자를 꼼꼼히 평가하는 것은 대학이 마땅히 해야 하는 본연의 일인데, 그 비용을 지원자에게 청구하고 해마다 수십억의 수익을 낸다. 부당해도 한국 입시에서 학생은 절대 약자라 대학이 요구하면 따라야 한다. 어쨌든 영국 대학은 전형료를 받지 않았다.

미술 전공의 경우, 작품 포트폴리오를 제출해야 한다. 대학에서 일러 준 웹 사이트에 포트폴리오를 올렸다. 세 곳은 곧 합격 통지를 보내왔고 두 곳은 화상 인터뷰를 하자고 했다. 인터뷰는 30분 동안 진행되었다. 교수는 이런 질문을 했다. 왜 일러스트레이션에 매력을 느끼는지, 작품을 구상할 때 주로 어디서 영감을 얻는지, 어떤 표현 도구를 선호하는지, 차기 작품으로 무엇을 구상하는지, (포트폴리오를 보면서) 이 작품은 어떤 의미가 있는지. 서로 이야기를 나누는데, 평가를 위한 질문과 답이라기보다는 같은 관심을 가진 사람들끼리 하는 평등한 대화처럼 들렸다.

"이번에는 네가 우리 학교에 대해 궁금한 것을 물어볼

차례야. 네게 맞는 대학을 잘 선택하려면 우리에 대해서도 알아야 하지 않겠니?"

교수는 마지막 10분을 애린이에게 주었다.

"이 대학이 미술 산업 부분과 긴밀히 협력하는 것이 인상적이었는데요, 1학년 학생들에게도 그런 프로젝트 기회가 주어지나요?"

애린이는 시종일관 이게 궁금하다. 마지막으로 교수가 물었다.

"너는 우리 대학에 뭘 기대하니?"

"저는 대학이 '학생'을 '전문인'으로 성장시키는 곳이라고 생각해요. 제가 기대하는 것은, 이 대학에 미술을 좋아하는 학생으로 입학해서 결국 프로페셔널로 졸업하는 것이에요. 그렇게 될 수 있나요?"

학자금 융자, 30년 되면 채무 면제

애린이는 'SFE(Student Finance England. 교육부와 융자 회사들의 협력 기구로 학자금 대출을 담당한다.)'에 일찌감치 대출 신청을 했다. 그리고 얼마 전에 통지를 받았다. 올 9월부터 해마다 학비 9,250파운드(약 1,400만 원)와 생활비 12,775파운드(약 1,900만 원)를 융자해 준다는 내용이었다. 학비는 소득과 상관없이 전액 지원받을 수 있지만 생활비는 가계 소득 수준, 통학 여부, 학교 소재지(런던 물가는 비싸다.)에 따라 금액이 결정된다. 이 금액은 대출 최고액이다.

처음에 나는 아이가 학자금 융자를 받는 것을 꺼렸다. 빚 지는 것이 싫기도 했거니와, 어떻게든 우리의 학비를 마련하려고 노력했던 부모님처럼 나도 아이들 학비를 책임져야 한다는 의무감 같은 것이 있었다. 그런데 어느 날 '현타'가 왔다. 내겐 그 돈이 없다.

영국에서는 부모가 학비를 대는 것보다 학생이 융자를 받아 공부하는 것이 훨씬 더 일반적이다. 대학생의 70%가 그렇게 한다.(한국의 경우 대학생의 약 14%가 학자금 대출을 받는다. 한국 가정이 그만큼 더 넉넉해서는 아닐 거다. 어떻게든 자녀 교육비를 마련하려는 부모의 헌신 때문일 수도 있고, 학자금 대출을 받기가 그만큼 어렵기 때문일 수도 있다.) 애린이는 3년 뒤 6만 6천 파운드(거의 1억 원)의 빚을 안고 졸업할 거다.

그래도 겁나지 않는다. 대출금은 졸업 이듬해부터 갚아야 하지만 소득이 연 2만 7,295파운드(약 4천만 원) 이하면 상환이 연기된다.(한국의 '취업 후 상환 학자금 대출'과 비슷하다.

그런데 한국은 상환 기준 소득이 연 1,323만 원이다. 기준이 잔인할 정도로 낮다.) 연소득을 월급으로 따지면 2,274파운드(약 340만 원)다. 그러니 예를 들어 월급을 500만 원 받으면 초과분 160만 원의 9%, 즉 14만 4천 원만 갚으면 된다. 계산해봤다. 우리 아이가 크게 성공해서 달마다 500만 원을 번다면, 빌린 돈 1억 원을 다 갚는 데 얼마나 걸릴까? 얼추 60년이다.

입학 통지보다 기쁜 대출 통지

다행히도 학생 융자는 대학을 졸업하고 30년이 지나면 채무가 면제된다. 즉 남은 빚을 탕감해 준다. 젊을 때 공부하려고 진 빚을 평생 족쇄로 묶어 두지 않는 것이 마음에 들었다. 정부도 애초에 사람들이 대출금을 다 갚을 거라고 기대하지 않는 것 같다. 대출금을 모두 변제하는 사람의 비율을 25% 정도로 잡는다. 75%는 다 갚지 못할 것을 안다. 예술가로 대성하지 않는 이상 우리도 이 75%에 속할 거다. 솔직히 나는 아이가 원하는 대학의 입학 통지서를 받았을 때보다 대출 통지서를 받았을 때가 더 기뻤다.

애린이는 밤낮으로 그림을 그리느라 손목을 혹사해서

지금 압박 보호대를 감고 있다. 그걸 보고 영국 친구가 이해할 수 없다는 표정을 짓자, 속으로 말했단다.

"내가 한국인이거든, 짜샤."

그래, 잘 배울 준비는 되어 있으니 이제 대학이 잘 가르쳐 주길. 3년 동안 어떤 경험을 하고 결국 어떤 모습으로 졸업하게 될지, 벌써 궁금하다.

2021년 5월 10일

3부

'대부분'이라는
게으른
표현

열아홉 살, 입시생 아니면
수고하지 않은 걸까

가톨릭교회에는 '고백 기도'가 있다. "생각과 말과 행위로 죄를 많이 지었으며 자주 의무를 소홀히 하였나이다."라고 말하고 "제 탓이오."라며 가슴을 친다. 라틴어 기도문을 번역한 것인데 나라마다 표현이 조금 다르다. 영어로는 "생각과 말과 내가 한 일과 하지 않은 일(In what I have done and in what I have failed to do)"을 반성한다.

내가 하지 않은 일을 고백한다. 나는 그동안 교육 문제를 다루면서도 직업계 고등학생에 대해서는 별로 관심이 없었고, 알려고 하지도 않았다. 잘못을 일깨워 준 이는 허태준이라는 젊은 작가다. 그는 마이스터 고등학교 3학년 때 현장 실습생으로 공장 생활을 시작해서 졸업한 뒤 산업 기능 요원으로 복무를 마칠 때까지 4년 가까이 '노동자'였다. 그가 쓴 『교복 위에 작업복을 입었다』(호밀밭, 2020)를 읽으면서 나는 내내 부끄러웠다.

'대부분'이라는 게으른 표현

이 책에 실린 「수능은 좋은 시험이어야 한다」라는 글에서 나는 대입이 한국인이라면 대부분 겪는 청소년기의 통과 의례, 혹은 성년식 같다고 말했다. 국가와 사회가 수험생을 얼마나 귀하게 여기는지에 대해서도 적었다. 쓰면서 마음 한편이 찜찜하긴 했다. '대부분'이라는 표현을 쓴 것은 내가 누락시킨 사람들이 있다는 것을 알고 있었기 때문이다. 그도 그중 한 명이었다.

'수험생 여러분, 수고하셨습니다!'라는 광고 문구는, 거리 가득한 축제 분위기에서 자꾸만 우리를 소외시키는 것 같았다. 입시를 준비하지 않았던 열아홉의 나는 수고하지 않았던 걸까? (⋯⋯) 열아홉 할인이 있었다면 좋았을 텐데. 공장에서 일하던 나에게 (⋯⋯) 어쩌면 학교를

다니지 않고 어른이 되어야 했던 누군가에게도 이 거리
가 조금은 더 따뜻하고 위로가 되었다면 좋았을 텐데. 아
무도 소외받지 않는 세상은 없는 건지, 그게 그렇게 어
려운 건지 혼자 생각하며, 나는 불빛이 잦아드는 방향으
로 한참을 걸었다. (허태준, 『교복 위에 작업복을 입었다』,
82~86쪽.)

내가 잊은 사람이 몇 명인지 계산해 봤다. 2020년에 고3
학생은 약 44만 명이었다.(2020 교육통계연감.) 이 중 약 34만
7천 명이 수능 원서를 냈다.(「2021학년도 수능 응시 원서 접수
결과」, 한국교육평가원, 2020. 9. 21.) 올해 결시율은 13%나 되
었으니 실제 시험 본 인원은 더 적다. 이래저래 따져 보니
그날 고3 학생 중 열아홉 삶의 '수고'를 제대로 축하받지
못한 젊은이는…… 13만 명이 넘는다. 이 계산에 학교 밖
청소년은 포함조차 되지 않았다. 그들은 더 어두운 그늘 아
래 있을 것이다.

나도 한국을 떠나라고 조언하고 싶었다

타인의 신발을 신어 보지 않고 하는 조언이 얼마나 폭력

적일 수 있는지, 말하는 사람은 잘 모른다. 상대를 위하는 마음이어도, '팩트'를 말하는 것이어도, 듣는 사람의 과거와 현재에 대한 이해가 없다면 잘해 봤자 공허한 말이고, 잘못하면 모욕이 된다.

유명 인터넷 강사가 수학 7등급이면 용접 배워서 호주 가야 한다는 말을 했다고 한다. 아마 그건 실수였을 것이다. 학창 시절 우등생으로 열심히 공부했다면, 수능에서 높은 점수를 받아 좋은 대학에 갔다면, (……) '입시' 이외의 노력과 성취를 마주한 적 없는 인생이라면 그건 분명 실수였을 것이다. (……) 화가 나기보다는 서글픈 마음이 들었다. 지금도 어디선가 용접을 하거나 기계를 고치고 있을 누군가의 삶이 존중받지 못하고 있구나. 아직도 그들의 전문성과 진지함이 무시되고 있구나. (허태준, 「교복 위에 작업복을 입었다」, 브런치 매거진)

나도 직업계 고등학생들에게 '전기나 배관, 자동차 정비처럼 기술이 있으면 해외 취업을 생각해 봐라.'라고 말하고 싶었던 적이 있었다. 변명하자면, 그게 (수학보다) 쉽다고 생각해서가 아니라, 그게 영국에서는 얼마나 유용한 기술인지 확인했기 때문이다. 20년 전 런던에서 살 때, 집주인은 전기 기술자였다. 대학을 나오지 않았다. 우리는 가난했다. 그때 나는 한국에서 미용이나 도배 기술을 배우지 않은 것을 처음으로 후회했다. 한국으로 돌아온 뒤 집 앞에 있는 공업 고등학교에 가서 내가 보고 온 것에 대해 간증이라도 하고 싶었다. 열심히 공부해 해외에 나갈 생각을 해 보라고. 진심이었다. 그때도 지금도, 영국에서 중학교를 졸업하고 기술을 배운 사람들이 얼마나 잘사는지를 본다. 부러운 마음에, 우리 사회의 직업 교육 문제를 함께 해결해 보려는 대신, '망명'을 권하려 했다. 학생들의 삶의 조건에 대해 하나도 모르면서. 그때 그 말을 뱉지 않은 것이 얼마나 다행인지 모른다.

"그들은 모두 노동자, 언젠가는 실업자"

2020년 특성화고, 마이스터고, 일반고 직업반 등 직업계고 졸업생은 약 9만 명이다. 이중 겨우 2만 5천 명이 취업했다.(「2020년 직업계고 졸업자 취업 통계 조사」, 교육부, 2020. 11.) 대부분 비정규직이다. 2021년 졸업생 상황은 훨씬 열

악하다. 코로나 19로 실습을 제대로 못 했고, 자격증 시험도 일정이 미뤄지거나 취소되었다. 곧 졸업인데 일자리 자체가 없다. 언론은 청년 실업에 대해 다루면서 대졸자만 걱정한다. 결국 '전국특성화고졸업생노조'는 11월부터 매주 거리 행진을 하고 있다.(「특성화고 학생들이 거리로 나온 까닭, "반에서 취업한 사람이 한 명도 없다"」, 매일노동뉴스, 2020년 12월 28일 자.)

9만 명은 적은 수일까? 그렇지 않다. 소위 '스카이(서울대, 연대, 고대)' 대학의 모집 인원을 다 합해도 약 1만 명에 불과하다. 서울 소재 4년제 대학('인서울') 전체 모집 정원은 7만 2천 명이고, 정원 외 입학자를 포함해도 8만 5천 명 정도이다. 정부가 '정시 확대'를 요구한 서울 16개 대학의 정시 모집 인원은 늘어난다 해도 2만 명 수준이다. 그럼에도 불구하고 고3 관련 뉴스는 온통 명문대 입시 전형이나 정시 모집 확대 이야기이다. 이러는 동안 정작 수십만 명의 학생은 해마다 대책 없이 어른이 되고 아무 준비 없이 삶의 현장에 던져질 것이다. 대학생이 된 친구에게 작가는 이렇게 말한다.

대학생을 싫어하지 않아. 딱히 누구도 싫어하지 않아. (……) 너는 자신을 분리해서 보았는지 모르겠다. 이제 대학생이 되었으니까. 내 글은 타인의 이야기라고 느꼈는지도 모르겠다. (……) 결국 그들은 모두 노동자이고 언젠가는 실업자가 될 것이다. (……) 시간이라는 간격을 두고 '진짜' 서로가 될 수 있다. 공감의 수준을 넘어 언제나 사건의 당사자가 될 수 있다. (……) 회색빛으로 보이던 출근길 지하철에서, 힘없이 흔들리던 인파 사이로 마주친 마음을 닫아 버린 사람의 표정 그건 나였는지도 모른다. 그건 너였는지도 모른다. (같은 책, 216~220쪽.)

그래, 한국의 교육 문제는 이 9만 명이 대학을 가지 않아도 안전하게 삶을 영위할 수 있게 될 때 해결될 것이다. 그렇게 해야 모두가 자유로워질 거다.

2021년 1월 18일

학교는 돌봄을
배울 수 있는 곳이어야 한다

남편은 초등학교 보조 교사가 되었다. 한국에서는 대학 교수였으니 새로운 일자리가 좀 섭섭할 수도 있는데 기뻐했다. 아무리 자기 나라라지만 20여 년 만에 돌아온 자리에선 이민자나 다름없었고, 쉰을 훌쩍 넘긴 나이에 받아들일 수밖에 없는 건강 상태를 고려하면 학교에서 일하는 것만도 감사한 일이었다.

2019년 11월, 첫 출근을 했다. 그는 2학년을 맡았다. 만 여섯 살, 한국으로 치면 아직 유치원생이다. 수업 시간에는 교실에서 집중이 어려운 아이들을 돕고, 점심시간에는 운동장에서 아이들을 관찰하고, 학교가 끝나면 방과 후 클럽에

남은 학생들을 돌보는 일을 했다. 꼬맹이들을 돌보는 일은 생각보다 힘든 듯했다. 그는 매일 초주검이 되어 돌아왔다.

오래가지 못했다. 여러 요인이 겹쳤다. 대부분 통제할 수 없는 요인들이었다. 2020년 3월, 천식이 있는 그가 기침을 하자 코로나19로 잔뜩 긴장한 교장이 조퇴를 권했다. 병가를 쓰는 상황에서 영국 전역이 록다운되었다. 학교는 돌봄이 필요한 학생을 위해 문을 열었지만 건강한 스태프를 중심으로 순환 근무를 했다. 그는 3월 이후 학교로 돌아가지 못했다.

'평등법'이 적용되는 사례인가?

남편이 일을 시작하면서부터 이걸 계속할 수 있을지 걱정하긴 했다. 하루 종일 계단을 오르내리고 운동장에서 아이들을 쫓아다니는 것을 힘에 부쳐 했다. 해야 할 업무를 기억하지 못하는 일도 생겨났다. 교장은 업무 평가를 하면서 이 점을 지적하며 메모장을 사용하면 좋겠다고 제안했다. 나는 목에 걸 수 있는 작은 수첩과 펜을 사서 그에게 주었다. 출근길에 그걸 목에 걸면서 그는 아무 말도 하지 않았지만, 눈이 슬퍼 보였다. 파킨슨병은, 전에는 문제없이

할 수 있었던 일들을 조금씩 갉아먹으며 자꾸만 그를 구석으로 몰아넣었다.

채용 인터뷰 때, 그는 자신의 병을 말했다. 그때만 해도 학교도 그도 업무 수행이 가능할 거라고 생각했다. 그러나 일은 예측한 대로 흘러가지 않았다. 병가가 장기화되자, 교장은 건강상의 이유로 업무 수행이 어려운 경우 조언을 해주는 전문 기관(Occupational Health Service)의 의견을 들어보자고 제안했다. 학교 측의 의뢰로 그 프로세스가 진행되었다.

2020년 7월에 '업무 건강 상담사'와 첫 상담을 했다. 일주일쯤 뒤에 상담사가 쓴 리포트를 읽을 수 있었다. "평등법이 적용되는 사례인가?" 보고서 상단에 있는 이 질문에 상담사는 "예스. 평등법은 장기간에 걸친 질병에도 적용되며 이 경우 그에 해당한다."라고 적었다. 영국의 '평등법(Equality Act 2010)'은 포괄적 차별금지법이다. 나이, 성별, 장애, 인종, 임신과 출산, 종교 또는 신념, 혼인 또는 동성 결혼, 성전환, 성적 지향 등을 차별로부터 '보호받는 특징(protected characteristics)'으로 규정하고, 이러한 특징을 이유로 일터, 교육, 보건, 교통, 기타 모든 서비스에서 차별받지 않도록 보호한다. 학교 관리자들은 평등법을 준수하느라 이 사례를 더욱 신중하게 다루었을 것이다.

상담사는 남편이 말해 준 일터에서의 고충을 상세히 기록하고, 마지막에 이런 '제안'을 했다. 가능하면 건물 아래층에서 근무할 수 있도록 할 것, 행정 업무를 감면해 줄 것 등등. 덧붙여, 정확한 판단을 위해서는 의사의 추가 면담이 필요하다고 적고 이 사례를 '업무 건강의(Occupational Health Physician)'에게 이관했다. 며칠 뒤 남편은 의사와 통화했다. 의사는 한 시간이 넘게 잘 들어주었다. 그리고 학교 측에 최종 보고서를 제출했다. 거기에는, "업무로 인한 스트레스가 그의 건강을 악화시킬 것이 우려된다."라고 적혀 있었다.

학교는 누구도 쉽게 해고해서는 안 된다

9월에 학교 인사 담당관이 세 차례 집을 찾았다. 처음엔 초등학교 교장과 같이 왔다. 해고 통지를 할 줄 알았는데, 학교는 근무 시간과 업무 공간 조정 등 편의 제공을 제안했다. 오히려 사임 의사를 밝힌 것은 우리였다. 두 번째에는 인사 담당관 혼자 와서 앞으로의 절차에 대해 의논했다.

세 번째에는 서명할 서류를 가지고 인사 담당관과 함께 학교의 전체 총괄 교장이 왔다.(이 학교는 초·중·고등학교 과정이 다 있는 제법 큰 학교이다.) 그는 일이 이렇게 되어 유감이라고 하고, 급여는 2020년 11월까지 지급될 것이라고 했다. 남편은 "내 사례 때문에 앞으로 장애나 질병이 있는 직원 고용을 꺼리지 않았으면 좋겠다."라고 했고, 그들은 그럴 리 없다고 했다. 나는 이 모든 과정에서 남편을 존중해 주어서 진심으로 감사하다고 말하면서 속절없이 눈물이 났다.

그들이 장애를 가진 일개 계약직 교사를 '해고'하는 과정을 지켜보면서, 학교는 그곳에서 일하는 모든 노동자의 권리를 보호하고 인간의 존엄을 지켜 주는 곳이어야 한다는 생각을 했다. 그래야 미래에 노동자가 될 학생들이 일터가 어떤 모습이어야 하는지를 배울 수 있다. 학교는 학생들이 돌봄을 받는 곳일 뿐만 아니라, 돌봄이 무엇인지에 대해 배울 수 있는 곳이어야 한다. 12년 동안 학교에서 그것을 보고 배우면, 어른이 된 그들은 돌봄이 당연한 세상을 만들고 유지할 수 있지 않을까?

돌봄과 교육은 그렇게 다른가?

한국에서 초등 돌봄 교실을 둘러싼 갈등을 기사로 보면서 (「돌봄 교실은 교육이 아니라는 학교에」, 한겨레, 2020년 11월 23일 자.) 나는 자꾸 '교육'과 '돌봄'을 구분하는 것이 마음에 걸렸다. 교육은 학교의 몫이고 돌봄은 지자체의 몫이라는 것도, 학교는 교육하는 곳이므로 돌봄까지 떠안을 수 없다는 것도 이상했다. '교육'이 교과 수업을 의미하는 것이 아니고, '돌봄'이 방과 후에 아이들을 맡아 먹이고 보살피는 일이 아닌 이상, 이 둘은 애초에 구분할 수 있는 일이 아니다. 다른 사람들과 함께 사는 일, 약자를 보호하는 일, 타인의 삶을 존중하는 일, 학교에 있는 어른들로부터 그것을 보고 배우는 일, 그것은 교육인가 돌봄인가?

지난 1년간, 포스트 코로나 사회가 어떤 모습이어야 하는지에 대해 수많은 담론과 주장이 생산되었다. 사회를 '돌봄' 중심으로 재편하지 않으면, 인류는 절멸할 것이라는 예측은 차고 넘친다. 한국 학교는 학생들을 잘 먹이고(유기농 무상 급식) 방과 후에 돌보는 일(초등 돌봄 교실)을 세계 최고 수준으로 잘한다. 이제 그것을 넘어 돌봄을 보다 큰 틀에서 보고, 돌봄을 중심으로 학교를, 교육을, 사회를 재편하는 것에 대해 고민하면 좋겠다. 학교는 '돌봄 중심의 재편'을 가장 먼저, 가장 잘할 수 있는 사회 기관이다. 인류의 미래를 구할 젊은 히어로들은 지금 학교에 있다. 그들이 돌봄을 배울 수 있게 하자.

2021년 2월 15일

BLM,
아시아인으로서 지지한다

아이들이 '흑인의 생명은 소중하다.(Black Lives Matter, 줄여서 BLM.)' 시위에 나간다고 했다. 나도 가고 싶었다.

"엄마도 같이 가면 안 될까?"

나는 언제부턴가 아이들을 따라다니면서 세상을 다시 배운다.

손 팻말을 만들며

BLM 시위는 2020년 5월, 미국 미네아폴리스에서 경찰에게 살해된 조지 플로이드(George Floyd)를 추모하며 다시 촉발되어, 팬데믹 상황에도 불구하고 전 세계로 확산되었다. 영국에서도 대부분의 도시에서 시위가 있었다. 인종주의로부터 자유로운 곳은 거의 없다.

애린이와 린아, 린아의 남자 친구 타이와 함께 손 팻말을 만들었다. 애린이는 큰 붓으로 그림을 그렸다. 데이비드 올루웨일(David Oluwale)이라는 사람의 초상이다. 그는 나이지리아계 영국인으로, 경찰의 체계적이고 다양한 형태의 잔인한 괴롭힘을 겪다가 1969년 익사했다. 이 일로 가해 경찰 두 명에게 실형(각각 36개월, 27개월)이 선고됐다. 이는 흑인에 대한 폭력으로 경찰이 기소된 영국 최초의 사례가 되었다. 애린이는 그림 옆에 "영국의 인종주의를 철폐하라."라고 큼직하게 썼다.

각자 손 팻말에 뭐라고 써 넣을까 고민하다가, 타이는 "그들의 투쟁은 우리의 투쟁이다. 전 세계의 인종주의에 반대한다."라고 적었고, 린아는 "정치적이 되어라."라고 크게 쓴 뒤, "우리는 어느 편에 설지 결정해야 한다. 중립이라는 것은 억압자를 도와주지, 결코 피억압자를 돕지 않는다."라고 홀로코스트 생존자이자 노벨 평화상 수상자인 작가 엘리 위젤의 말을 인용했다. 나는 이렇게 썼다. "아시안으로서 BLM을 지지한다.(Asians for Black Lives Matter.)" 애

국심이 넘치는 나는 태극기도 그려 넣었다. 내가 이 문구를 쓰기까지는 일련의 학습 과정이 있었다.

BLM 운동은 2013년 처음 시작된 뒤 우여곡절을 겪었다. '백인들의 생명은 소중하지 않냐?'라는 억지소리는 차치하고라도, 이 구호를 변형시켜서 '모든 생명이 소중하다.(All lives matter.)'라든가 '특정 소수 집단(여성·성 소수자·유대인·아시아인·이슬람교도 등)의 생명도 소중하다.'라는 표현이 등장했다. 나는 이런 구호를 별 비판 없이 받아들였다. 심지어 긍정적이라는 생각까지 했다. '모든' 생명이 소중하다는 구호는 보편적 가치를 상기시켜서 흑인 인권 운동이 그들만의 운동으로 고립되지 않는 데 도움이 된다고 생각했고, 다른 소수자 운동이 이 구호를 같이 쓰는 건 흑인 인권 운동이 억압받는 다른 집단의 운동으로 확산되는 것이라고 여겼다. 만사를 '긍정적으로' 해석하는 마음가짐은 가상하나, 이런 태도는 자칫 잘못하면 내 뜻과 무관하게 사회 문제를 개선하는 데 해가 될 수도 있다는 것은 생각하지 못했다. 비판적 사고가 결여된 나의 생각을 여지없이 깬 것은 아이들이었다.

애린이가 말했다.

"'흑인'을 '모든'으로 바꾸면 쟁점이 흐려지잖아. 그건 아무 주장도 하지 않는 거나 마찬가지야. 이런 말을 하는 사람들은 멍청하거나, 아니면 교활한 것 같아. 고의로 물타기 하는 것일 수도 있으니까."

린아가 말했다.

"다른 소수자 운동은 그들의 노력으로 새로운 운동을 조직해야지, BLM 운동에 공짜로 숟가락 얹는 건 잘못된 일이야. 소수자로서 이 운동에 연대하는 것이라면 운동의 초점을 흐리지 않는 표현을 해야 해. 그래서 요즘은 이런 표현을 많이 써. 예를 들어 '유대인으로서 BLM을 지지한다.' 이렇게."

불행을 경쟁하는 말들

과연 그렇겠다 싶어서 '아시아 여성으로서' BLM을 지지한다고 쓰려 했더니 린아가 그거 너무 복잡하니까 둘 중 하나만 고르라고 했다.(나는 늘 약간씩 과하다.) 그래서 아시안을 골랐다. 써 놓고 보니 마음에 들었다. 연대를 표현하는 좋은 방법이라고 생각했다. '나의 권리'를 주장하는 것이 아니라, 마땅히 지켜져야 하는 '그들의 권리를 내 처지에서' 주장하는 것이다.

일전에 런던에서 있었던 BLM 시위를 보도한 한국의 신문 기사 아래에 이런 댓글이 적힌 것을 읽었다. "웃기네. 영국에서 흑인보다 더 차별받는 사람이 아시아인들이다." 이 말은 불편했다. 사실 여부를 떠나, 불행을 경쟁하면서 결국 나 자신도 피해자인 인종 차별에 대해 아무런 반대 투쟁도 하지 않은 채 팔짱 끼고 냉소하는 것 같았다. 내가 피해자라면, 피해자로서 다른 피해자의 고통에 공감하면서 함께 싸우는 것이 옳다. 이러저러한 이유에서, 내가 만든 손 팻말, 마음에 들었다.

시위 장소를 잘못 알아서 졸지에 일곱 명(남편, 나, 애린, 린아, 타이, 린아 친구 타라와 타라 엄마)이 손 팻말을 들고 행진하게 되었다. 우리를 향해 박수 치거나 엄지를 올리는 사람이 더 많았지만, 야유하는 사람들도 있었다. '코로나 시국'에 왜 시위를 하느냐고 공격적으로 소리치는 남자에게 남편은 "우린 다 마스크를 썼잖아! 너는 이 시국에 마스크도 안 쓰고 왜 침 튀기고 난리냐?"라고 맞받았다. 차를 타고 가다가 굳이 창문을 내리고 "흑인들만 차별받냐? 아일랜드 사람들은 어쩌라고?" 소리 지르는 남자에게는 타라 엄마가 "공부 좀 해라!(Educate yourself!)"라고 외쳤다.(그녀는 아일랜드 사람이다.) 나는 소리치는 사람들을 볼 때마다 마음이 움찔했다. 아이들도 무서웠을 텐데 손 팻말을 높이 들고 당당하게 걸었다. 뒤따르면서 '보호자'는 아이들이 자기 의견을 당당히 들고 행진할 수 있도록 '보호'해 주는 사람이라고 생각했다.

시위 장소인 공원에는 한 300명쯤 모여 있었다. 다들 마스크를 쓰고 널찍널찍 떨어져 앉았다. 모두 손 팻말을 들고 있었다. 이런 글이 눈에 띄었다. "흑인의 삶을 소중하게 여기기 전까지는 어떤 삶도 존중받을 수 없다.(All lives can't matter until black lives matter.)" 성 소수자의 상징인 무지개 바탕에 적혀 있었다. 이게 어떤 맥락에서 쓰인 글인지 이제 이해할 수 있었다. 이것도 마땅히 지켜져야 하는 '그들의 권리를 나의 처지에서' 지지하는 것이었다. 이런 팻말도 있었다. "우리는 인종 차별을 끝낸 첫 세대가 되고 싶다." 이건 열두 살쯤 돼 보이는 여자아이가 들고 있었다.

시위를 조직한 사람들도, 물을 나눠 주는 자원봉사자도, 발언자도, 참가자도 다 젊은이였다. 자유 발언대에 선 젊은이들은 여러 통계 자료를 인용해 영국 사회에서 흑인이 겪는 불평등을 조목조목 증명했다. 그리고 이런 주장을 했다.

"내가 인종주의자가 아닌 것만으로는 충분하지 않다. 인종주의에 적극적으로 반대하고 목소리를 내야만 한다. 가족과 친구, 이웃과 '불편한 대화'를 시작하자. 그들이 가진 사고에 도전하자."

"인종주의의 근원은 제국주의다. 우리는 학교에서 제국주의를 제대로 배운 적이 없다. 학교 교육 과정을 바꾸는 청원에 동참하자. 우리 지역 국회의원에게 편지를 보내자."

"인종 차별이 없다고 믿는 사람에게 '다른 인종으로 살고 싶으냐.'라고 물어보자. 싫다고 대답한다면 그건 그 사회에 인종 차별이 있다는 증거다."

엄마, 스스로도 교육하세요

이날 하루 제일 많이 들은 이야기는 '교육'이다. 우리를 향해 소리치는 남자에게 타라 엄마는 "자신을 교육해라."라고 말했고, 시위에서 젊은 발언자들은 학교에서 제대로 교육하라고 요구했고, 주변 사람들과 불편한 대화를 해서 그들을 교육하자고 했다. 애린이가 말했다.

"엄마, 교육을 받아서 안다는 것은 피해자가 아니라는 뜻이야. 피해자는 그 안에 살기 때문에 이미 삶을 통해서 알고 있거든."

나는 많은 교육이 필요하다. 아이들에게 부탁했다.

"나를 좀 교육해 주렴."

되돌아온 대답.

"엄마, 스스로도 교육하세요. 맘만 먹으면 온라인에 자료는 얼마든지 많아요."

2020년 7월 6일

전쟁에 대한
다른 기억

도시 봉쇄, 이동 제한, 생필품 부족, 매일 집계되는 사망자 통계, 바이러스의 확산, 최전선에서 싸우는 의료진. 삶의 불확실성과 불안……. 코로나 19로 인해 알게 된 세상은 내가 겪은, 가장 전쟁에 가까운 경험이다. 이렇게 말하면 전쟁 세대는 전후 세대의 철없음이 야속할지도 모르겠다. 그들이 경험한 전쟁은 여기에 폭격과 살상의 공포까지 더해졌을 테니 그건 정말 지옥이었겠다. 더구나 그렇게 몇 년이나 계속되었으니.

전쟁 세대가 겪은 고통은 어디나 비슷했을 텐데, 오랜 시간이 지난 뒤에 사람들이 그것을 기억하는 방식은 그게 어떤 전쟁이었고 어떻게 끝났느냐에 따라 사회마다 다르다. 2020년은 2차 세계 대전 종전 75주년이다. 뉴스에서는 팬데믹 상황을 종종 2차 세계 대전에 비유했다. 사람들은 록다운 기간 중에도(어쩌면 록다운 기간이어서 더욱) 그 전쟁이 끝난 것, 더욱이 '이긴 것'을 축하했다. '승리'의 기억이 사람들에게 희망을 건네는 것 같다.

노병의 뒷마당

4월 30일, 캡틴 톰(Captain Tom)의 100세 생일 잔치가 전국에 생중계되었다. 그는 2차 대전 참전 장교였다. 미얀마에서 일본군과 싸웠다. 평범한 한 노인이 온 나라의 영웅이 된 4월의 이야기는 가족이 계획한 소박한 생일 이벤트에서부터 시작한다.

2020년 4월 6일, 딸과 손주들이 그의 이름으로 한 온라인 기부 사이트에 코로나 19에 맞서 싸우는 NHS(국민 보건 서비스) 의료진을 돕는 긴급 모금 운동을 시작했다. 자손들은 그의 100세 생일을 기념해서, 뭔가 의미 있는 일을 하나 한다는 마음으로 가볍게 시작했을 거다. 모금 목표액은 1,000파운드(약 150만 원)였고 기간은 생일날인 4월 30일까지로 정했다. 이 모금을 위해 99세 노인 캡틴 톰은 정복을 입고 가슴에 훈장을 단 채 보행기를 천천히 밀면서 뒷마당을 걷기 시작했다. 모금 기간 동안에 마당을 100번 왕복하겠다고 했다. 우연히 BBC 라디오에서 그를 인터뷰했다. 덕분에 그의 이야기가 세상에 널리 알려졌다. 4월 16일에 100번째 마당 걷기가 끝났지만, 그는 계속 걸었다. 사람들은 너도나도 모금에 동참했다.

그의 걷기는 생일날 아침에, 뒷마당에 도열한 젊고 건장한 장병들의 거수경례를 받으며 끝났다. 그날 공군은 2차 대전 당시 전투기 두 대로 집 상공에서 에어쇼를 해 주었다. 그 장면은 모두 TV로 생중계되었다. 4월 30일 밤, 모금이 종료되었다. 24일 동안 150만 명이 넘는 사람이 기부한 돈은 3,280만 파운드(약 500억 원)였다.

앞마당에서의 승전 파티

5월이 시작되었다. 우리 동네 사람들은 8일을 손꼽아 기다리는 듯했다. 마을 잔치를 하기로 한 날이다. 5월 8일은 유럽 승전의 날(Victory in Europe Day)이다. 독일이 항복하여 유럽에서 전쟁이 끝난 날이다. 어떤 집은 며칠 전부터 색색의 리본을 집 앞에 길게 걸어 두었다.

코로나 19가 바꿔 놓은 것 중에 하나는 골목의 발견이다. 3월 23일에 영국 전역이 록다운된 뒤로 우린 모두 집에 갇혔다. 그러자 신기하게도 이웃의 문이 열렸다. 목요일 저녁 8시마다 다들 문밖에 나와서 NHS 의료진을 지지하는 박수를 보내면서 서로 인사를 나누게 되었다. 커뮤니티가 만들어지려면 '공동의 경험'이 필요한가 보다. 난생처음 경험하는 이 봉쇄 상태를 우리 모두 '함께' 경험하면서, 모종의 연대감 같은 것이 생겨났다. 사람들과 함께 박수를 칠 때는, 나도 외국인 이민자라는 사실을 잊고 그저 지금 이 시간과 공간을 같이 경험하고 있는 골목의 구성원이 되었다. 그래서 매주 목요일 저녁마다 이루어지는 이 의례가 기다려졌다. 취약한 이웃을 돕기 위해 단체 대화방을 만들어 이 얘기 저 얘기 나누면서 사람들은 우리 골목에 누가 사는지부터 고양이들 이름까지 알게 되었다. 사람들이 연결되자 무언가를 같이 도모하는 것이 훨씬 쉬워졌다.

'유럽 승전의 날'. 아침부터 골목이 시끄러웠다. 사람들은 각자 자기 집 대문 앞에 잔치 음식과 술을 갖다 놓고 골목을 사이에 두고 마주 앉았다. 모여 있지만 거리 두기를 지키는 이런 풍경은 이제 익숙하다. 록다운 이후에 이런 파티는 처음이다. 아니, 이렇게 골목 잔치를 하는 것 자체가 처음인 것 같다. 누군가가 스피커를 밖에 설치하고 1940년대 음악을 틀었다. 캡틴 톰의 주제가가 된 「You'll never walk alone(당신은 결코 혼자 걷지 않을 거예요)」이 무한 재생되었다.

남편은 아침부터 저녁까지 밖에서 사람들과 같이 있었다. 그런데 나는 그날 밖에 나갔다가 어쩐지 마음이 불편해져서 집 안으로 들어왔다. 그러곤 다시 나가지 않았다. 지난 3월부터 박수 치기에 동참한 나는 골목 구성원임이 분명한데도, 어쩐지 이게 '그들의 잔치'라는 생각이 들었던 것 같다. 같은 경험을 공유하지 않는다는 것이 나 자신을 다시 외국인 이민자의 자리에 서게 했다. 그들이 축하하는 '승전'의 경험이 나에게는 없다.

이기지도 끝내지도 못한 전쟁

우리는 그 전쟁에서 패전국의 식민지였다. 부당하게도 패전의 대가를 대신 치렀다. 아니, 여전히 혹독하게 치르고 있다. 종전 뒤, 일본이 아닌 한반도가 분단되었고 곧 우리

끼리 '동족상잔'의 전쟁을 했다.(일본은 오히려 6·25 전쟁을 계기로 경제를 회복했다.) 그리고 그 전쟁은 아직까지 끝나지 않았다. 2018년 봄, 남북 정상 회담 뒤에 머지않아 전쟁이 끝날 것 같아서 설레고 기뻤는데, 지금은 그때의 흥분이 어리석게 느껴질 정도로 원점으로 돌아왔다. 우리는 아직까지 식민도 분단도 청산하지 못한 채 우리 안에서 끝이 안 보이는 싸움을 계속하고 있다. 많은 일에서 편이 갈린다.

'유럽 승전의 날'을 축하하는 마을 사람들을 보면서, 우리에게는 이렇게 지치고 고달픈 시간을 위로하며 모두를 연대하게 하는 역사적 기억이 무엇이 있을까 자꾸 찾아보게 된다. 그런 게 없다면 너무 억울하다. 너무 가난해서 슬프다. 작년은 3·1운동 100주년이었고 올해는 봉오동 전투 100주년이라는데, 그것이 공동체를 결속시키는 상징적 사건이 될 수 있을까? 그게 부족하다면 역사적인 날 중에서 찾을 수 있을까? 6월만 해도 기념할 날은 많다. 현충일, 6·10 민주 항쟁, 6·15 공동 선언, 6·25 전쟁. 나는 이 중에서 우리 모두를 연결시킬 수 있는 가장 강력한 역사적 사건은 6·25 전쟁이라고 생각한다. 단, 이것이 연대의 경험이 되려면 전쟁이 끝나야 한다. 전쟁이 끝나는 날이 비로소 승전의 날이 될지도 모르겠다. 패자가 없는 승전이었으면 좋겠다. 그래야 전쟁으로 고통받은 모든 이의 삶이 위로받을 수 있을 것 같다.

이 봄을 보내면서 캡틴 톰의 행진과 사람들의 동조가 부러웠다. 우리 사회에서도 퇴역 군인의 이런 행진이 가능할까? 이념의 잣대를 들이대지 않고 노병의 실천 행위를 지지하는 것이 가능할까? 마을의 잔치도 부러웠다. 모두가 모여 축하할 수 있는 역사적 경험이 있다는 것에 샘이 났다. 사람들이 모여서 하루 종일 2차 대전에 대해 이야기한 것은 물론 아니다. 캡틴 톰 애기를 잠깐 하고 대부분의 시간은 그냥 일상의 다른 이야기를 하면서 보냈을 거다. 공통의 역사적 경험은 사람들이 모이는 계기가 된다. 그것만으로 족하다.

곧 한국 전쟁 70주년이다. 우리의 전쟁은 무한 반복되면서 끝날 기미가 안 보인다. 이곳의 여름은 화창한데, 나는 그 햇살이 무겁다.

2020년 6월 10일

평화를
상상할 수 없다면

코로나 팬데믹을 겪으면서 영국과 한국 사이의 거리가 기이하게 사라졌다. 비행기로 열두 시간을 가야 하는 9천 킬로미터 거리가 책상 위 노트북 컴퓨터의 스크린과 내 몸 사이의 세 뼘으로 압축되었다. 온라인 대화가 일상의 소통 방법이 되는 데는 불과 몇 달밖에 걸리지 않았다. 나는 그 덕을 톡톡히 보고 있다. 원격 수업 덕분에, 대학 강의실에 초청되는 호사를 누릴 수 있었다. 특강을 부탁한 최 교수는 '정치 지리' 과목을 듣는 지리교육과 학생들에게 '런던 한겨레학교' 이야기를 해 달라고 했다.

이 학교는 영국에 사는 북한 사람들이 만든 한글 학교

이다. 나는 한동안 이곳에서 자원 교사를 했고 그 경험을 글로 쓴 적이 있다.(이향규, 「고향은 부칸입니다」, 『창작과비평』 2019년 여름호.) 영국이라는 제3지대에서, 남한에서 온 이주민인 내가, 북한에서 온 이주민인 학부모와 아이들을 만나면서, 그동안 당연하다고 여겼던 생각을 다른 시각에서 보고 깨달은 바가 있었다. 반성도 했다. 나는 그동안 북한 사람들에 대한 우월감을 가지고 있었고, '다름을 존중'한다고 말하면서 (내심 '다르고 싶어서') 남북이 '공유하는' 문화와 정서를 외면하거나 사소한 것으로 간주했었다. 이 학교를 경험하기 전까지 나는 사우스 코리안이 아닌 코리안으로 살아 본 적이 없었다. 그게 어떤 것인지 잠깐 맛보았다. 그 경험은 생각보다 근사한 일이었다.

최 교수는 이런 이야기가 학생들이 '탈영토화된 시선'으로 분단을 보는 지리적 상상력을 갖는 데 도움이 될 거라고 했다. 어쨌거나 앞으로 교사가 될 사람들을 만나서, 남북이 함께 사는 것에 대해 함께 상상해 보는 것은 반갑고 설레는 일이었다. 오랜만에 대학생들 앞에 섰다. 아니, 나란히 한 칸에 담겼다.(줌이 모든 이를 같은 크기의 네모 칸에 위계 없이 평등하게 배치하는 것은 볼 때마다 맘에 든다.) 발표 뒤에 학생들과 대화를 나눴다. 학생들은 이런 이야기를 했다. (괄호 안은 내가 한 말이다.)

'통일'이라는 결론은 없다

젊은이 1: 학생들이 왜 꼭 통일을 해야 하느냐고 질문하면 교사는 뭐라고 답을 해 줘야 하나요? 모든 아이들이 통일을 바라도록 교육해야 할까요? 북한을 다른 나라로 인정하면 안 되느냐고 하면 뭐라고 하지요? (질문자는 통일을 꼭 해야 한다고 생각하나요?) 솔직히 저는 안 해도 된다고 생각해요. 그래도 학생들한테는 통일의 필요성을 가르쳐야 하는 것 아닌가요?

나는 교육은 무엇을 믿도록 만드는 것이 아니라, '사유하는 능력' 혹은 결론에 도달하는 '과정'을 훈련하는 일이라고 생각한다. 통일을 결론으로 정해 놓고 그 필요성을 가르치는 것은 교육적이지 않거니와, 사실 효과도 별로 없다. 그러니 교사가 자신도 의심하는 '통일의 필요성'을 학생에게 설명해 줘야 한다는 부담은 내려놓아도 될 것 같다.

젊은이 2: 통일의 필요성에 대해서, 남한의 기술과 자본이 북한의 자원과 노동력을 만나면 경제적으로 큰 이익이 될 거라는 설명에 대해 어떻게 생각하시나요?

'윈윈(win-win)'이라고 말하는 이 방안은 남한의 발달된 기술과 자본력, 북한의 토지와 지하자원 그리고 '값싼' 노동력을 결합하는 거다. 개성공단은 그 엄청난 실험을 했다. 북한 토지에 남한 자본으로 공장을 짓고, 사회 간접 자본을 확충한 뒤 북한 노동자를 고용하여 생산 시설을 가동시켰다. 노동자의 임금은 2006년에 월 50달러(약 6만 원)였다. 주 55.2시간을 노동했다. 북측은 계속 임금 인상을 요구했다. 2012년에는 "130달러에 육박"(128달러, 약 15만 원)했다. 덩달아서 노동 시간은 주 61.6시간으로 늘었다.(JTBC 뉴스, 2012년 10월 8일.) 남북 경협이 평화 정착에 기여하고, 남북 교류의 매우 귀한 실험장이라는 것을 안다. 환영한다. 그러나 궁극적으로 이게 통일 한반도의 모습이 되어서는 곤란할 것 같다. 그래서 질문자에게 이렇게 말했다.

"그런데 이건 식민주의 논리와 비슷하지 않나요?"

일전에 인도적 지원을 위해 북한을 여러 번 방문한 미국

인 선교사의 구술 생애사 작업을 한 적이 있다. 북한을 50
번이나 다녀온 여든의 노 신부님은 이런 이야기를 했다.

"남한 사람들은 '우리가 도와줄게'라는 태도를 보여요. 그
럼 북한 사람들은 '우리 식대로'라고 말하며 '우리는 결코
남조선의 경제적 노예가 되지 않는다'라고 얘기해요. '모든
사람을 존엄(dignity)과 존중(respect)을 가지고 대하라.' 그
건 반드시 새겨야 하는 원칙이에요. 북한 사람들에게도 마
찬가지이지요."(함제도 구술, 『선교사의 여행』, 가톨릭동북아
평화연구소, 2020, 141~142쪽)

북한 사람들의 경계와 우려가 무엇인지 어쩌지 이해할
수 있을 것 같다.

유니콘의 뿔을 상상할 수 있을까

젊은이 3: 한반도에 평화 통일이 가능할까요? 저는 불가
능할 것 같아요. 북한 정권은 자신의 권력을 포기하지 않
을 텐데 통일을 한다는 것은 상상하기 어려워요. (그럼 한

반도의 '평화'는 상상할 수 있나요?) 그것도 상상이 안 되
네요.

평화조차 상상할 수 없다고 했다. 처음에는 놀랐고, 곧
슬퍼졌다. 교사가 평화를 상상할 수 없다면 학생들이 그걸
상상하는 것은 더욱 힘들 것이다. 줌 한 칸에 담겨서 이야
기를 나눈 수업 시간이 거의 끝나 갈 때 받은 질문이었다.
시간이 충분했으면 '평화를 상상하는 것(혹은 하지 못하는
것)'에 대해 더 이야기를 나눌 수 있었을 텐데, 그러지 못한
것이 아쉬웠다. 그래서 나중에 애린이에게 물어봤다.
  "어떤 것을 상상하지 못한다면, 그 이유는 무엇일까?"
  미술을 좋아하는 애린이는 무형의 것을 시각적으로 표현
하는 일을 곧잘 한다. 아이는 엉뚱하게 유니콘 얘기를 했다.
  "상상은 현실에서 보거나 경험한 것들을 기본 자료로 삼
아서 할 수 있는 것 같아. 유니콘을 상상하려면, '말'과 '뿔'
이라는, 실재하는 준거가 있어야 하잖아. 그런데 그중 하나
를 아예 모르거나 그중 하나가 너무 지배적이면, 예컨대 말
에 대한 자료만 엄청 많고 뿔은 거의 본 적이 없다면 유니
콘을 형상화하는 것이 어려울 것 같거든. 평화를 상상하기

어렵다면, 분단이라는 이미지가 너무 강력해서 그런 것 아닐까? 아니면 평화로운 사회를 상상할 수 있는 다른 준거가 없든가."

한반도에서는 분단을 일깨우는 사건들이 반복적으로 일어나서, 평화를 상상할 틈을 주지 않는다. 안 그래도 수업을 시작하기 전날, 최 교수는 특강 타이밍을 잘못 맞춘 것 같다고, 북한군에 의해 서해에서 해양수산부 공무원 이 모씨가 사살된 마당에, 분단 문제를 탈영토화된 시각으로 보는 것이 가능할지 의문이라고 걱정했다. 우리에게 평화를 상상할 수 있는 좋은 타이밍이란 없는 것 같다.

그런대로 평화롭게 사는 사회

영국에 온 뒤, 그런대로 평화롭게 사는 사회를 처음 경험했다. 그래서 내게는 평화를 상상할 수 있는 몇 가지 준거가 생겼다. 유럽 연합의 사례는 잘 알려졌으니 차치하고, 영국의 잉글랜드와 스코틀랜드의 관계가 흥미로웠다. 영국은 하나의 주권국인데 잉글랜드와 스코틀랜드(그리고 웨일스, 북아일랜드)는 다른 나라(nations)이다. 정부도 다르고, 교육 제도도 다르고, 심지어 화폐마저도 다르다. 서로에 대한 감정도 별로 좋지 않다. 그렇더라도 이 두 지역이 무력 충돌을 하는 것은 상상할 수 없다. 갈등은 의회 내에서 풀거나 국민 투표 같은 민주적 절차에 따른다. 이걸 보면서, 남북한이 이 정도 관계가 되어도 좋겠다고 생각했다.

런던 한겨레학교가 있는 뉴몰든도 신기한 곳이었다. 여기에는 남과 북에서 온 코리안 이민자들이 함께 산다. 이 안에도 크고 작은 갈등이 있겠지만, 대부분 협력하면서 각자 자기 일상을 사는 것 같다. 내가 상상하는 한반도의 평화는 그저 이런 정도이다. 민족중흥같이 큰 것을 바라는 것이 아니다. 전쟁 위험이 없는 곳에서 이분법적 이념 대결의 피곤함 없이, 각자 그런대로 함께 살겠다는 것이다. 이 소박한 일도 상상할 수 없을까? 수업이 끝나기 전에 젊은이들에게 당부하는 것을 잊었다.

"그래도 평화를 상상하는 것을 포기하지는 말자."

2020년 10월 19일

스테레오 타입은
어떤 것이라도 위험하다

한국 드라마가 없었다면 코로나 19로 갇혀 지내는 이 시간을 어떻게 보냈을까 싶다. 지난 1년은 정주행한 드라마 순서로 정리될 판이다. 넷플릭스는 방문 흔적을 놓치지 않고 자꾸만 '취향 저격' 볼거리를 내밀었고, 나는 번번이 그 유혹에 넘어갔다. 영국에서 한국 드라마를 이렇게 쉽게 볼 수 있는 건 K 드라마의 성공 덕분이다.

한국에 관심 있으니 고마운 거잖아?

우리가 영국 생활을 시작한 5년 전에도 K 자를 앞에 붙인 음악, 드라마, 화장품을 아는 이들을 쉽게 만날 수 있었다. K 문화는 특히 젊은이들 사이에서 인기가 많았다. 중학교에 들어간 애린이는 한동안 쉬는 시간과 점심시간을 미술실에서 혼자 그림을 그리면서 보냈다. 그러던 어느 날 한 여학생이 슬그머니 다가오더니 목소리를 낮게 깔고 물었다고 한다.

"너도 '아미'니?(Are you an Army?)"

그 아이 휴대 전화 뒷면에는 BTS(방탄소년단) 스티커가 붙어 있었다. 아미(BTS 팬클럽)는 전 세계 어디에나 점조직처럼 퍼져 있다. 2018년과 2019년에 BTS가 런던에서 공연했을 때는, 결석하고 공연장에 간 학생들이 애들 학교에만 해도 대여섯 명이 되었다. 나는 이 인기가 자랑스럽고, 이 열풍이 부듯했다.

관심은 바뀐다. K 팝을 좋아했던 애린이는 곧 프로그레시브 록과 스윙 재즈를 들었고, 린아는 온갖 장르의 영화에 빠졌다. 그래도 영국 아이들은 한국에서 온 아이들과 K 팝과 K 드라마 얘기만 하고 싶어 했다. 아니 그 얘기를 하고 싶어 하는 아이들이 주로 곁에 왔다고 하는 편이 정확하겠다. 그게 점점 불편해지기 시작했다. 나는 애린이에게 물었다.

"그래도 한국에 관심 있고 한국을 좋아하는 애들이 있는 건 고마운 일 아니야?"(나는 왜 자꾸 '고맙다'고 말할까? 대체 왜? 누구에게?)

애린이가 말했다.

"그렇긴 한데, 애들은 내가 '한국인이기 때문에' 다가오는 거잖아. 그건 한국 사람을 만나고 싶은 거지, 나를 만나고 싶은 게 아닌 것 같아. 물론 내가 한국인인 것은 맞는데, 나는 그것 말고도 다른 특징이 많잖아. 다른 데도 관심이 많은데 그건 궁금해하지 않아. 그리고 '한국인은 다 K 팝을 듣고, K 드라마를 본다.'라고 생각하는 것도 지나친 일반화인 것 같아. 개인은 다 다르잖아. 근데 '한국인이면 이럴 거다.' 하는 어떤 틀을 만들고, 나를 거기에 맞춰서만 보는 것 같아서 그게 싫어. 자기들이 가지고 있는 (그다지 정확하지도 않은) 정보로 나를 프로파일링(profiling) 하지 않으면 좋겠어."

누구의 시선에서 '너무 귀여운'?

K 팝이 소비되는 방식도 불편할 때가 있다고 했다. 친구 알렉스는 자기가 좋아하는 남자 아이돌에 대해 이야기하면

서 늘 '귀엽다.'라는 표현을 쓴단다. "너무 귀엽지 않니? 눈도 작고 손도 작아. 애기 같아." K 팝 보이 밴드는 귀엽고, 중성적이고(나아가 무성적이고), 밝고, 단정한 소년의 이미지를 가지고 있는 경우가 많다. 그렇게 마케팅 한 것이니 팬들이 그렇게 생각하는 것은 당연할 수 있다. 그래도 백인 친구가 그들을 자꾸 어린아이처럼 표현하는 것이 거슬렸단다. 온라인에도 이들이 얼마나 '귀여운지'를 감탄하는 댓글이 넘쳐나는데, 그걸 읽을 때마다 괜히 속상해서 뮤지션으로서의 그들의 노력과 역량을 존중하는 다른 댓글을 자꾸 찾아본다는 것이다.

애린이는 한국인에 대한 '새로운 스테레오 타입'에 대해서도 우려했다.

"한국에 사는 사람들이야 한국 남자들이 다 아이돌 같지 않다는 것을 알고 있지만, 외국에서는 한국인에 대해 어떤 허상이 유통되는 것 같아. 그래서 한국 남자, 나아가서 동양 남자와 사귀고 싶어 하는 서양인이 많아졌어. 나는 어떤 집단에 대한 스테레오 타입은 그게 긍정적인 것이라도 위험하다고 생각해. 그건 어차피 다 타인의 시선이잖아."

린아도 거들었다.

"우리 학교에도 코리아부(Koreaboo)들이 있는데, 진짜 좀 이상해."

한국인이 아닌데 한국인처럼 말하고, 화장하고, 행동하는 일부 극성팬을 '코리아부'라고 부른다.

"그게 어때서? 좋아하면 따라 하고 싶어 하는 것이 당연한 거 아닌가?"

내 질문에 아이는 열변을 토했다.

"나는 인종적 소수자의 외형적 특징, 말투, 몸짓에 집착하고 흉내 내는 것 자체가 인종주의라고 생각해. 백인들이 인종 차별의 역사를 무시하고 흑인 얼굴로 분장하는 '블랙페이스(Blackface)'가 인종주의적 모욕이 되는 것처럼, 서양 사람이 한국인처럼, 아시아인처럼 꾸미는 것도 조심해야 해. 예를 들면 작년에, 영화배우 메건 폭스, 모델 켄달 제너, 벨라 하디드가 동양인처럼 눈꼬리가 길게 올라간 '여우 눈(fox eyes)'으로 화장해서 유행이 되었단 말이야. 그런데 아시아인은 바로 그 눈 때문에 오랫동안 눈을 옆으로 찢으며 '칭총'이라고 불리는 놀림을 받아 왔거든. 어떤 신체적인 특징은 억압과 차별의 역사를 가지고 있잖아. 그런데 그 배경에 대한 이해나 반성 없이 그냥 진공 상태에서 만들어

낸 취향처럼 즐기면 안 되지. 그리고 유색 인종의 신체 특징이 '백인들의 해석에 따라' 놀림이 될 수도 청찬이 될 수도 있다는 것 자체가 불평등한 파워를 보여 주는 거라고 생각해. '코리아부'들이 정말 한국을 사랑하면, 단편적인 정보나 이미지만 가지고 기이하게 한국인 흉내를 내지 말고, 한국에 대해 겸손한 태도로 공부했으면 좋겠어."

내가 누구인지는 내가 말한다

아이들의 말이 너무 빨라서 나는 듬성듬성 이해했다. 한국인임이 자랑스러운 나는 딸들도 그렇게 여겼으면 좋겠다는 희망이 있다. 이런 말을 한 건 그 때문이다.

"나는 영국 사람들을 만날 때 내가 먼저 한국 사람이라고 밝히고 한국에 대해 얘기하는 것을 좋아하는데 그게 문제가?"

내 말에 아이들은 이렇게 대꾸했다.

"그건 엄마가 적극적으로 '선택'한 거잖아. 그건 괜찮지. 그런데 소수자의 경우, 그가 누구인지를 다수자가 정하고 이름 붙이고, 자기들의 시선으로 보는 일이 많잖아. 그건 잘못된 거지."

"엄마는 주변화(marginalized)된 경험이 없어서 그래. 백인이 90% 이상인 학교에서 우리는 나를 구별하고 판단하는 미묘한 힘을 자주 느끼거든."

아이들이 원하는 것은 결국 '내가 누구인지를 내가 정하고, 나로 살고 싶다.'라는 것이었다. 간단하고 당연한 일인데, 이걸 타인에게 그렇게 해 달라고 요구하고 있다. 한국에서 만난 사람들이 생각났다. 한국의 초·중·고등학교에 다니는 14만 명의 이른바 '다문화' 학생도, 한국에서 함께 사는 3만여 명의 '탈북자'도, 우리가 다양한 이름으로 함부로 묶어서 부르는 소수자들도 자기가 누구인지를 직접 말하기를 원할 거다. 말은 듣는 사람이 있어야 힘을 갖는다. 그 말에 귀 기울이는 사람이 많으면 좋겠다.

최근에 나는 JTBC의 「싱어게인」을 본다. 여러 면에서 이 프로그램이 좋은데, 특히 처음에 출연자가 자신을 소개하는 방식이 맘에 들었다. 무대에 선 이들이 '나는 ○○○ 가수다.'라는 문장의 빈칸을 자신의 언어로 채워서 말했고, 사회자와 심사 위원들은 잘 들었다. 근사했다.

2021년 2월 1일

LGBT를 어떻게 부르느냐고?
이름으로!

"당신들의 사위가 여자, 며느리가 남자이길 바랍니다."

누군가가 이런 댓글을 남겼다. 그 말은 맥락상, 당신이 그렇게 '동성애를 옹호'하니 당신에게 이런 황당한 일이 벌어지길 바란다는 '악담'이었다. 내가 쓴 글은 성 소수자에 대한 것이 아니었다. 단지 다른 맥락에서 영국의 '평등법(포괄적 차별금지법)'을 설명했을 뿐이다. 그런데도 거기에서 '동성애 옹호'를 찾아내다니, 그 민감함이 놀라웠다.

아이들에게 그 댓글을 보여 줬다. 무슨 뜻인지 이해하지 못하는 눈치였다. 린아의 남자 친구 타이가 내게 물었다.

"이건, 당신의 아이가 언젠가 결혼하기를 바란다는 말인가요?"

그렇게도 해석할 수 있다는 것이 신기했다. 맞다. 사귄
다고 다 사위, 며느리가 되는 것은 아니다. 한참 만에 뜻을
파악한 애린이가 말했다.

"그게 어때서?"

린아가 거들었다.

"그게 다른 사람이 상관할 문제인가?"

50대 이성애자 여성인 나는 성 소수자에 대해서 잘 몰랐
다. 부정적인 인식이 있었다기보다는 그저 무지했다. 영국
에 오기 전까지는 LGBT+(레즈비언, 게이, 양성애자, 트랜스젠
더 등 성 소수자)라는 말도 잘 몰랐다. 나의 무지를 끊임없이
일깨워 준 이는 우리 딸들이다. 빨리 배운 편은 아니다. 똑
같은 질문을 몇 번이나 했고, 여러 번 적절치 않은 표현을
해서 핀잔을 들었다. 아이들에게는 너무나 당연한 일인데,
나는 생소해서 처음에는 엄청 헤맸다.

한 '사람'으로 다른 '사람'을 좋아하는 것

몇 년 전에 린아가 온라인에서 만난 미국인 친구가 있었
다. 열여섯 살의 아론은 트랜스젠더 남자라고 했다. 그러니

까 출생 시 생물학적 성은 여자인데, 자아는 남자였다.

"그럼 수술을 했어?"

"엄마, 트랜스젠더 중에 수술을 하는 사람은 정말 소수야. 그건 엄청나게 돈이 많이 들고 위험하거든."

영어에는 인칭 대명사에 성별 구분이 있다. 나는 영어로 말할 때 종종 그(he)와 그녀(she)를 바꿔 말하는 실수를 한다. 이건 아주 기초적인 문법이지만, 한국어에 없는 것이라 입에 잘 배지 않는다. 아론을 지칭하면서 그녀(she)라고 말한 것은 절반은 습관적 실수 때문이고 나머지 절반은 트랜스젠더를 어떤 성별로 불러야 할지 몰랐기 때문이다. 내가 그녀(she)라고 할 때마다 린아가 말했다.

"그.(he.)"

"미안, 근데 트랜스젠더를 어떻게 불러야 하는지는 자꾸 헷갈려."

"간단해. 트랜스 남자는 '그'고, 트랜스 여자는 '그녀'지. 그것보다 더 중요한 건 그 사람이 원하는 대로 불러 주는 거야. 어떻게 불러야 할지 모를 때는 '그들(they)'이라고 하든지 아니면 그냥 이름을 불러."

이 설명을 들으니 인칭 대명사에서 성별을 구분하지 않

는 한국어가 훨씬 성 평등적인 것 같았다. 애린이가 말했다.

"꼭 그렇지는 않아. 한국어에도 언니, 오빠, 누나, 형은 있잖아. 나의 성 정체성까지 밝혀지는 거지."

방학을 맞아 아론이 린아를 만나러 영국에 오겠다고 했다. 나는 잠자리를 어떻게 마련해야 하나 고심했다.

"방을 같이 써도 될까? 남자인데?"

"걱정하지 마, 그는 게이거든."

아이는 아무렇지도 않게 말했는데, 나는 이걸 이해하는 데 몇 초 걸렸다.

"……."

"걔는 남자를 좋아한다고."

"그러면, 여자로서 남자를 좋아하는 게 아니고, 남자로서 남자를 좋아하는 거구나."

"그렇지. 근데 그냥 한 '사람'으로 다른 '사람'을 좋아한다고 생각하면 돼."

"걔 부모님도 이걸 아셔?"

"응, 근데 이해를 못 해. 미주리주 시골 사람들이거든. 그래서 사이가 안 좋아. 아론이 힘들어 해."

차별받는 소수자가 되기를 선택하는 사람은 없다

부모 입장에서는 이해하기 어려울 수 있다. 자신의 성 정체성(Gender identity)이나 성적 지향(Sexual orientation)을 '정확히' 알기에 열여섯 살은 너무 어리다고 생각할 수도 있고, 젊은이들 사이에서 LGBT＋ 이슈가 중요하게 떠오르면서 그 영향으로(심하게 말하면 유행 따라) '성급하게' 자신을 규정해 버린 것이라고 여길 수도 있다. 세상에는 이성애자 남녀밖에 없다고(혹은 그게 정상이라고) 알고 평생 살았고, 스스로의 성 정체성과 성적 지향에 대해 의문을 가져 본 적이 없었던 사람이라면, 이게 다 청소년에게 '동성애를 조장'하는 성 소수자 운동 탓이라고 여길지도 모른다.

"자신의 성이나 성적 지향은 남이 '조장'한다고 만들어지는 게 아니야. 유행이라서 선택하는 것은 더욱 아니지. 차별받을 게 뻔한데 그걸 왜 일부러 '선택'하겠어? 그건 원래 그렇게 존재하는 거야. 어렸을 때는 어렴풋이 느끼다가, 시간이 지나면서 점차 분명히 알게 되는 거지. 이걸 선택 가능한 취향의 문제처럼 쉽게 이야기하면 절대 안 돼. 이건 절박함의 문제라고."

아이들은 이 절박함이 무엇인지 이해하는 것 같았다.

성 소수자로 사는 것은 어느 사회에서나 쉽지 않다. 한국에서 사는 것은 특별히 어려울 거다. 열 명 중 여덟 명이 나를 싫어하는 곳에서 사는 것이 얼마나 힘들지 나는 짐작할 수조차 없다. 「제6차 세계가치조사, 2010~2014」에서 한국 사람의 77.6%는 '동성애자를 이웃으로 받아들이고 싶지 않다.'라고 했다.〔경제협력개발기구(OECD) 14개국의 평균값은 29.1%이다. (김승섭, 『아픔이 길이 되려면』, 동아시아, 2017 재인용.)〕 최근 발표된 「2020 사회통합실태조사」(한국행정연구원, 2021. 2.)에서도, 동성애자와는 친구, 이웃, 동료 등 어떤 관계로도 같이 살고 싶지 않다고 답한 사람이 57%였다. 대체 왜 그럴까? 이들이 무슨 잘못을 했기에? 아니, 정작 동성애자를 가까이서 만나 본 적은 있을까?

이웃이 안 될 이유가 뭔가

우리 옆집에는 레즈비언 부부와 초등학생 딸 둘이 산다. 부부 간에 사이가 좋고 아이들이 밝다. 아이들은 그들을 '아빠', '엄마'라고 부른다.(동성 커플의 경우 아이들이 둘 다 아빠, 혹은 둘 다 엄마라고 부르는 경우도 많다. 부모를 어떻게 부를지도 그들이 선택할 문제이다.) 그 가족의 특이한 점은……. 곰곰 생각해도 딱히 떠오르는 게 없다. 다른 건강한 가정과 비슷하다. 화목해 보인다. 그 집 아빠는 간호사인데, 우리가 아플 때 밤늦게 찾아와서 여러 가지 도움을 준 적이 있다. 고마웠다. 그 집 엄마는 김치를 좋아해서 내가 가끔 갖다 준다. 휴가를 가면서 집을 오래 비우게 되면 집 열쇠를 서로 맡겨 놓는다. 신뢰할 만한 사람들이 가까이 산다는 것은 큰 복이다. 동성애자라고 그들과 이웃이 되지 않는 것, 상상할 수가 없다.

글의 처음으로 돌아가서, 내 글에 달린 뜬금없는 댓글에 대한 나의 입장은 이렇다. 나는 우리 딸들이 사랑하는 사람이 여자든 남자든 트랜스젠더이든, 젠더 퀴어의 어떤 이름으로 자신을 부르든 정말 상관없다. 단지, 그 사람이 친절하고 따뜻하고 유연한 사람이라면 좋겠는데, 그건 우리 딸들의 사람 보는 안목에 달려 있는 문제이다. 아이들의 안목을 믿는다.

2021년 4월 12일

자기 정체성은
자신이 말하도록

내가 어쩌다 교장이 됐다. 전임 교장과 통화했다. 구체적인 업무 인수인계보다 지금까지 이 학교를 꾸려 온 사람들의 마음을 잘 살피고 듣는 것이 더 중요한 일일 것 같았다. 그래서 물었다.

"선생님은 지금까지 학교를 운영하면서 학생들에게 무엇을 주고 싶으셨어요?"

"저는 아이들에게 붙은 '탈북자' 딱지를 떼어 주고 싶었어요. 부모가 탈북자지, 이 아이들은 아니잖아요."

런던에 사는 노스 코리안

우리 학교는 뉴몰든 한복판에 있다. 런던 남서부에 있는 뉴몰든은 영국과 유럽을 통틀어 '코리안'이 가장 많이 밀집해서 사는 곳이다. 이 일대에 사우스 코리안(남한 사람)이 약 2만 명, 노스 코리안(북한 사람)이 약 1천 명 거주한다고 한다.

뉴몰든에 북한 사람들이 살게 된 배경은 이렇다. 2000년대 후반, 영국 정부에 난민 신청을 하는 북한 사람들이 생겨났다. 영국은 이들을 인도적 차원에서 수용했다. 유엔 난민기구(UNHCR)에 따르면 북한 난민은 2006년 64명, 2007년 281명, 2008년 570명으로 한 해에 거의 200명씩 늘었다. 심사를 거쳐 난민 지위를 받고 합법적으로 정착할 수 있게 되자, 이들은 점차 한국어가 통하고 일자리를 구하기 쉽고 서로 의지할 수 있는 뉴몰든 지역으로 모였다. 영국에서는 5년 이상 거주하면 영주권을 신청할 수 있다. 시간이 지나면서 대부분의 북한 사람은 이제 난민이 아니라 영주권자 혹은 시민권자가 되어 이 사회에 정착했다.

자녀가 태어나고 자라자 부모는 한글을 가르쳐 주고 싶었다. 처음에는 인근 도시에 있는 한국 학교를 찾았다. 역

사가 오래되고 규모가 크고 시설도 훌륭한 학교였다. 그런데 이 학교에 가는 것이 어려운 집이 있었다. 수업료가 부담되기도 했고, 자동차로 20분 정도 가야 하는 것도 차가 없는 집이나 토요일에 식당 일을 해야 하는 부모의 입장에서는 어려운 일이었다. 수업 수준도 잘 맞지 않았다. 이 학교에선 한국 교과서로 수업했는데 아이들이 따라가기가 어려웠다. 한국 학생들 사이에서 소외감을 느끼거나 불편한 시선을 경험하는 아이들도 있었다. 여러모로 몸에 맞지 않는 옷을 입고 있는 것 같았다. 고민 끝에 뜻 맞는 부모들이 집 가까이에 마을 학교를 만들기로 했다. 뉴몰든 한복판에 있는 교회를 토요일마다 빌려서 한글 수업을 했다. 이렇게 해서 2016년 1월 '런던 한겨레학교'가 만들어졌다.

나는 부모들이 아이들의 교육을 위해 자발적으로 만든 이 마을 학교가 아주 특별하다고 생각한다. 2018년 이 학교에서 린아와 함께 자원 교사를 한 적이 있다. 부족한 게 많았지만 친밀하고 따뜻한 공간이었다. 이제 나도 런던 한겨레학교의 가족이 되었다. 기쁘고 설레는 동시에 걱정도 됐다. 이 학교에서 남한 사람이 교장이 된 것은 이번이 처음이다. 내가 알게 모르게 가지고 있는 고정관념이나 편견 때문에 문제가 생기면 어떻게 하나 지레 겁났다. "다른 사람의 신발을 신어 보라.(Put yourself in someone's shoes.)" 또는 역지사지(易地思之) 같은 말을 마음속에 새기고는 있는데 자신이 없다. 다른 사람의 신발을 신으려면 내 신발부터 벗어야 하는데 그것부터 쉽지 않을 듯하다. 아이들에 대해, 학부모에 대해, 나 자신에 대해 배워야 할 것이 많다.

북한에서 태어나지 않은 '탈북 학생'

전임 교장 이 선생님과 통화하면서 이런 얘기를 한 것은 경솔했다.

"부모님이 북한 출신이라고 자식도 북한 사람이 되는 거라면, 저도 북한 사람이에요. 저희 아버지 고향이 함경남도 신포거든요. 전쟁 때 넘어오셨어요."

의도는 순수했다. 나도 북한에 연고가 있다고 밝히고 그들의 커뮤니티 한 자락에 끼고 싶었다.

"그래도 선생님은 탈북자라고 불리지는 않잖아요?"

갑자기 말문이 턱 막혔다. 우리 아버지는 실향민이지, 탈북자가 아니다. 탈북자란 말에는 실향민에선 느낄 수 없는 온갖 정치적 메시지가 붙어 있다. 이 선생님은 계속 말했다.

"북한 사람이라고 부르는 건 괜찮아요. 부모님이 북한 사람이니까요. 그런데 북한에 가 본 적도 없는 이 아이들한테 '탈북' 청소년이라고 부르는 사람들이 있어요."

이 말이 무슨 뜻인지 단번에 이해했다.

한국에 있을 때 나는 '탈북 청소년 교육 지원 센터'에서 일했다. 교육부와 협력해서 탈북 청소년들이 어려움 없이 학교생활을 할 수 있도록 여러 지원 사업을 했다. 매년 탈북 학생 통계도 조사했다. 최근 자료를 찾아보니, 2019년 한국의 초·중·고등학교에 재학 중인 탈북 학생은 2,531명이고, 이 중 북한에서 태어난 학생이 38.8%, 중국 등 제3국에서 태어난 학생이 61.2%라고 한다. 열에 여섯은 북한에 가 본 적도 없는데 그들을 탈북 학생이라 부르는 것이 이상하게 들릴 거다. 그런데 한국에서는 그렇게 조사한다. 부모가 탈북민이면 그 자녀는 어디서 태어났든 탈북 청소년, 탈북 학생이다.

영원히 떨어지지 않는 꼬리표

어떤 집단에 임의의 이름을 붙이는 것이 불가피할 때가

있다. 이를테면 정책을 세우려면 정책 대상의 명칭과 정의가 필요하다. 그래서 '탈북민', '탈북 청소년' 같은 이름도 생겼다. 그럼, 이 이름은 언제까지 필요할까? 사람들을 언제까지 이 이름으로 불려야 하나? 5년, 10년, 아니면 영원히? 2016년 말에, '탈북민 3만 명 시대'가 도래했다는 뉴스가 제법 많이 보도됐다. 「통일부 "1962년 이후 탈북민 3만 명 기록"」(중앙일보, 2016년 11월 13일 자.)이라는 기사 제목에서 알 수 있듯이, 이 3만 명은 50여 년 동안 북에서 남으로 온 사람들의 누적 숫자다. 북한을 떠난 지 수십 년이 돼도 '탈북' 꼬리표는 떨어지지 않는다. 한국에서는 그렇다.

유엔 난민 기구가 집계한 영국 체류 북한 난민 통계를 보고 처음엔 의아했었다. 2013년에 630명 정점을 찍고 매년 그 수가 줄어서 2017년에는 362명이었다. 이 통계는 영국에 '난민으로' 살고 있는 북한 사람 전체를 나타낸다. 우리로 치면 북한 이탈 주민 통계와 비슷하다. 한국식으로 집계하면 인원이 매년 누적되기 때문에 이 숫자는 줄어들 수가 없다. 이 통계에서 숫자가 줄어든 것은, 점차 새로 유입된 난민보다 영주권을 받고 난민을 벗어난 이가 더 많아졌기 때문이다. 영주권을 받으면 더 이상 난민으로 '집계'되지도 않는다. 난민의 딱지는 그렇게 떨어진다.

아이들에게 붙은 '탈북자' 딱지를 떼 주고 싶었다는 이 선생님의 말을 수첩에 적어 뒀다. 나는 그 딱지가 내 몸에 붙어 본 적이 없기에 솔직히 그게 어떤 느낌인지 잘 모른다. 이 먼 영국 땅에서까지 도대체 그걸 누가, 왜, 어떤 방법으로, 언제까지 붙이는지도 잘 이해되지 않는다. 이들 곁에서 보내는 시간이 길어지면 어렴풋이 알게 될지도 모르겠다.

'코리안'이라는 꽤 괜찮은 유산

인수인계가 끝나고 내 출발점이 생겼다. 우리 학교에선 학생들이 자유롭게 성장하도록 도와줄 것이다. 자신이 누구인지 오직 스스로 말할 수 있게 하고 그걸 잘 찾아가도록 곁에서 응원할 것이다. 자신을 구성하는 '코리안'이란 특징이 꽤 괜찮은 유산이라는 것도 가르쳐 줄 생각이다. 남과 북에서 성장한 어른들이 협력해서 분단의 그늘이 없는 다음 세대를 길러 내면 좋겠다. 신참 교장의 각오가 너무 비장하고 의욕이 과잉되면 '워워' 말려 줄 사람이 필요하다. 그건 선생님들께 미리 부탁해 뒀다. 함께 차근차근 멀리 갈 거다.

2021년 5월 24일

정답만 말하려다
아무 말도 안 했다

나의 9할(어쩌면 그 이상)은 '메이드 인 코리아'이다. 머문 시간도 그렇거니와 가족, 친구, 언어, 취향, 습관, 생각, 정서 등 나를 이루는 대부분은 한국에서 만들어졌다.

내게 큰 영향을 미친 것 중 하나는 학교이다. 보낸 세월만 해도 그렇다. 초등학교 입학에서 대학교 졸업까지 16년, 대학원까지 합하면 26년을 학교에 다녔다. 내내 성실했다. 특히 고등학교 시절은 다시 돌아간대도 그보다 더 열심히 할 수 없다. 그렇다고 '명문 대학'에 입학한 것을 오롯이 나의 능력과 노력의 결과라고 말할 수는 없다. 운칠기삼(運七技三)이 딱 맞는 말이다. 서울 중산층 가정에서 태어난 것

도, 집 옆에 대입에 사활을 건 고등학교가 있었던 것도, 그
해 학력고사 수학이 유달리 어려워서 애초에 포기하고 답
을 찍은 나나 열심히 문제를 푼 수학 천재나 성적 차이가
크지 않았던 것도 다 운이었다. 대학에 들어간 다음의 시간
은 모호하게 흘렀다. 천천히 흐른 것도 빨리 간 것도 아니
다. 그냥 지루한 상자 속에서 보낸 것 같다. 그 안에서 지성
이 날카롭게 단련되고, 세상을 보는 눈이 활짝 열렸는지는
모르겠다. 항상 뭔가를 열심히 하기는 했다. 어쨌든 난 그
동안 학교가 요구한 것을 최선을 다해 성실히 수행했고 그
보상을 받았다. 그러니 지금 나의 모습은 한국 교육이 길러
낸 '모범 사례'라고 봐야 한다.

'아무 말 대잔치'에 끼고 싶지 않아서

내가 50년 만에 처음으로 한국이 아닌 곳에서 뭔가를
배운 것은, 몇 년 전에 들은 '지역 사회 통역사(Community
Interpreter)' 자격 과정이었다. 영국에서는 '평등법'에 의거
하여, 이민자들이 언어의 제약으로 인해 차별받지 않도록
보건, 행정, 교육, 복지 등 공공 영역에서 필요한 경우 모국
어 통역사를 제공해 준다. 그런 사람을 '지역 사회 통역사'

라고 부른다. 나는 한국어 – 영어 통역사가 되려고 했다. 헝가리, 폴란드, 프랑스, 포르투갈, 터키, 브라질 사람들이 같이 수업을 들었다. 첫 시간에 선생님이 20년 교사 경력에 한국 학생은 처음이라고 하자 '잘해야 되겠다.'라는 생각이 절로 들었다. 나는 때때로 맥락도 없이, (아무도 시키지 않았는데도) 한국을 '대표'해야 할 것 같은 사명감을 갖곤 한다.

매주 영국의 공공 서비스에 대해 공부하고, 통역에서의 윤리적 문제에 대해 토론했다. 나는 읽기 자료도 꼼꼼히 읽고, 조사해야 하는 숙제도 열심히 했다. 쓰기 과제는 가급적 분량보다 더 많이 썼다. 이왕 학생이 된 바에야 '좋은 학생'이 되고 싶었다.

그런데 잘 안 됐다. 수업의 절반이 토론인데, 나는 거의 말을 하지 않았다. 영어가 달리기도 했지만, 읽기 자료에 이미 '정답'이 있고 그 얘기는 벌써 나왔으니 별로 덧붙일 다른 말이 없었다. 다른 학생들은 말이 많았다. 어떤 말은 질문과 직접 관련이 없어서 '아무 말 대잔치' 같은데 그걸 선생님이 고개를 끄덕이며 듣고 있는 것이 짜증났다. 나는 '아무 말' 따위를 해서 어리석게 보이고 싶지 않았고, 진도 나가는 것을 방해하고 싶지도 않았다. 결국 '좋은 학생'

은커녕, 있는 듯 없는 듯한 학생으로 12주 과정을 마쳤다.

자격증을 땄으나, 그 뒤로 한 번도 통역사로 일한 적이 없다. 여러 가지 상황 때문이기도 했지만, 가장 큰 이유는 잘 못할까 봐 두려웠기 때문이다. 익숙한 상황(Comfort Zone) 밖에서 하는 영어는 여전히 버벅대는데, 통역사로 나섰다가는 괜히 망신만 살 것 같았다. 일을 제대로 못하면 의뢰인에게 민폐가 될 것 같아서 그것도 싫었다.

'공부 잘하는 학생'이었는데 배우는 게 두렵다니

자괴감이 들었다. 어릴 적부터 '공부 잘하는 학생'이었는데 도대체 이게 뭔가, 한심했다. 나는 과정 내내 지나치게 긴장하고, 틀린 답을 말할까 봐 걱정하고, 그저 연습 상황인데도 평가받는다는 생각에 겁을 냈다. 결국 어렵게 과정을 마쳤지만, 현장에서 일하는 것을 포기했다. 소심한 성격 탓이 크겠지만, 핑계를 대자면 지금까지 내가 받은 교육에도 책임이 있는 것 같다. 배우는 것을 두려워하는 공부 잘하는 학생이라니.

애린이는 중학교 2학년 때 이곳에 왔다. 이제 5년이 되었는데 여전히 한국을 판단의 준거로 삼아서 자신을 평가

한다. 이를테면, 자기가 만든 작품을 선생님이나 다른 학생들이 칭찬해 주면 속으로 이런 생각이 든단다. '한국에는 이것보다 잘 그리는 사람이 엄청 많거든요. 그에 비하면 나는 아무것도 아니에요.' 친구들이 애린이가 작품에 들인 시간과 노력에 경탄하면 속으로 이런 생각을 한다고 했다. '한국에서 이 정도는 아무것도 아니야. 거긴 다들 진짜 열심히 해.' 이런 속마음 때문에 칭찬을 있는 그대로 받아들이지 못했다.

아이가 한국 학교에 다니면서 알게 모르게 습득한 메시지는 두 가지인 것 같다. 하나는 '열심히 (해야) 한다'는 것이다. 어떤 일을 할 때 자기 역량을 최대한 발휘해서 최선을 다하는 것이다. 이건 그 자체로 좋은 가치이다. 그런데 다른 하나는, 그 '열심히'의 기준이 상대적이라는 것이다. 더 열심히 하는 사람이 있으면 나는 열심히 했다고 말하기 어렵다. 성취도 그렇다. 나보다 더 잘한 사람이 많으면 나의 성취는 자랑할 만한 것이 못 된다. 애린이는 성품상 '다른 사람보다 더 잘해야 한다.'든가 '다른 사람을 이겨야 한다.'는 생각을 하지는 않는다. 그러니 '다른 사람이 더 잘하는데 내가 칭찬받으면 안 된다.'라는 생각을 한다. 사고의 방향은 다르지만, 이 두 생각의 뿌리는 같다. 오롯이 자신을 기준으로 삼지 못하고, 다른 사람과 비교해서 자신의 위치를 잡는 것이다.

틀려도 괜찮다. 모르면 물어보면 된다

그래도 애린이는 이 두 개의 메시지를 이제 그런대로 자기 안에서 정리해 내는 것 같다. 얼마 전에 이런 말을 했다.

"한국과 영국 두 곳에서 학교를 다녀서 알게 된 것들이 있어. 사회마다 기준이 정말 달라. 한국에서는 엄청 중요했던 것이 여기서는 아무것도 아닌 것도 있고, 영국에서 잘한다고 하는 건데 그게 한국의 기준과는 아주 다른 것도 있고. 기준은 상대적인 것이니까 앞으로 '내 기준'은 내가 정하면 될 것 같애. 한국과 영국 중간 어디쯤 되겠지. 내가 정한 기준에 맞춰서 그냥 살려고."

아이는 자기답게 사는 방법을 찾아가는 것 같다. 나도 그래야 할 텐데, 오랫동안 칭찬인 줄 알았던 '모범생'의 복잡한 심리가 쉽게 사라질 것 같지 않다. 그 파워가 약해져야 내가 자유로워질 텐데. 그래서 자꾸 주문을 외워 본다. (틀려도 괜찮다.＋모르면 물어보면 된다.＋잘못하면 고치면

된다.＋부족하면 배우면 된다.＋잘하고 있으니 너무 애쓰
지 마라.)×3

2021년 6월 7일

내 세대보다 너희가
더 믿음직하다

린아가 다니는 고등학교는 2021년 6월부터 전면 등교를 시작했다. 이제 온라인 수업은 안 한다. 2020년 3월 이후 등교 중지, 온라인 수업, 블렌디드 수업 등 어수선하게 보내다가 이제야 제자리로 돌아갔다. 1년하고도 2개월이 걸렸다. 코로나 19가 휩쓸고 간 자리에 상처가 크다. 영국에서는 그동안 452만 명이 바이러스에 감염되었고, 12만 8천 명이 사망했다.(2021년 6월 9일 기준.) 2020년의 사망자 수는 2차 세계 대전이 끝난 뒤 최대라고 한다. 전쟁 같은 시간이었다.

코로나 팬데믹이라는 이 비상한 시대를 맞아, 뜻하지 않게 경험하고 알게 된 것이 많다. 각성하고 배우는 기회를 가졌으니, 우리 세대는 운이 좋았다고 해야 할지도 모르겠다. 코로나 19 이후의 사회가 어떤 모습이 될지는 결국 이 경험을 해석하고 실천하는 우리의 학습 능력에 달려 있을 것이다.

박수를 넘어 노동 조건 개선을 요구해야

학교를 드문드문 가는 통에 1년 넘게 아이들과 많은 시간을 같이 보냈다. 곁에 있으면서 배운 것이 적지 않다. 특히 젊은 세대의 정치적 역량을 본 것은 놀라움이자 큰 수확이었다. 그들이 나를 가르쳤다.

영국에서는 록다운 중에도 '필수 노동자'의 자녀는 학교에 갈 수 있었다. 정부가 발표한 필수 노동자는 방역 최전선에 있는 의료진은 물론, 교육, 복지, 돌봄 노동, 유통, 공공안전, 종교, 언론, 중앙 및 지방 정부, 교통, 통신, 우편, 식료품 및 필수품 생산 및 판매 종사자 등 광범위했다. 이들은 재난의 시대에 온몸으로 사회를 지탱해 주었다.

사람들은 어떻게든 의료진을 비롯한 이 필수 노동자들에게 고마운 마음을 전하고 싶었다. 그래서 매주 목요일 8시가 되면 집 밖으로 나와 함께 박수를 쳤다. 우리 골목이, 이웃 마을이, 전국 방방곡곡이 박수 소리로 가득 찼다. 나는 이런 집단행동에 심히 감동했다. 인류애가 마구 솟아났다. 박수 소리에 바이러스가 물러가고 세계 평화가 올 것 같았다.

박수 지지는 몇 달 동안 계속되었다. 아이들은 점점 시큰둥해졌다.

"노동 조건이 개선되지 않으면 이게 무슨 소용이야? 사회가 이들에게 진정 감사하면, 그 노동의 가치를 제대로 매겨 줘야지. 국회의원 연봉은 8만 파운드(1억 2천만 원)가 넘는데 간호사 연봉은 2만 5천 파운드(3천 7백만 원)야. 누가 더 사회에 기여할까? 아마존 배달 노동자는 일주일에 평균 400파운드(60만 원)를 번대. 근데 그 돈을 벌려면 하루에 택배 상자 300개는 배달해야 해. 아마존은 팬데믹 상황에서 천문학적인 이익을 내고 있어. 필수 노동은 배달 노동자가 하고 돈은 회사가 벌지. 중요한 것은 이런 것을 고치는 것이 아닐까?"

나의 박수는 이 말에 무색해졌다. 아이들은 사회 정의에 민감하고, 돌려 말하지 않고 핵심을 뚫는다.

그래서 찾아봤다. 돌봄 노동자나 배달 노동자 같은 필

수 노동자들의 열악한 근무 조건은 조금만 검색해 봐도 알 수 있었다. 돌봄 노동자들은 대부분 '0시간 계약(Zero-hour Contract)'에 묶인 시간제 노동자였다.(0시간 계약은 직원을 시간제로 채용하면서 근로 시간은 보장하지 않는 고용 계약이다. 물론 일하지 않으면 임금도 없다. 고용주는 '유연한 노동'이라고 쓰고, 노동자는 '족쇄' 혹은 '착취'라고 읽는 비정한 제도이다.) 박수 치기에 감동했던 나는 이제 돌봄 노동자들의 생활 임금을 보장하라는 청원에 서명을 한다.

교육 청원하고 국회의원에게 전자 우편 보내고

"정치적이 돼라.(Be political.)"라는 표어는 2020년 여름 '흑인들의 삶도 소중하다.(BLM)' 집회에 참석하려고 각자 팻말을 만들 때, 린아가 선택한 구호였다. 새삼 궁금해졌다.

"너한테 정치는 뭐야?"

"모든 사람의 인권이 보장되도록 제도를 만들고 자원을 공정하게 분배하는 거지."

또 질문했다.

"'정치적이 돼라.'는 것은 무슨 뜻이야?"

나는 '정치적'이라는 말을 좋아하지 않는다. 목적을 위해 수단 방법을 가리지 않는 권모술수가 생각난다. '정치적인 사람'도 싫다. 겉모습과 달리 속에 다른 꿍꿍이가 있는 것 같아서 신뢰가 안 간다. 린아의 대답은 달랐다.

"잘못된 제도를 바꾸는 행동에 참여하고, 사회를 위해 제대로 된 제도와 법을 만들도록 그 권한을 가진 사람들을 압박하고, 논쟁적인 문제를 다른 사람과 토론해서 설득해 나가고, 뭐 그 밖에도 그냥 내가 할 수 있는 일을 찾아서 하는 거지."

이 말을 듣고 보니, 린아는 지난 1년 동안 이런 정치적 행위를 부지런히 했다. BLM 시위에 나갔고, 시위 뒤에 젊은이들이 조직한 청원에 서명했다. 당시 젊은이들은 인종주의의 근원을 이해하려면 영국의 제국주의와 식민지 침탈에 대한 역사를 학교에서 가르쳐야 한다는 청원을 했었다. 린아는 잘못된 것을 바꾸는 일에 동참한 것이었다. 정치인을 압박하는 일도 했다. 올봄에 보수당에서 집회와 시위에 대해 경찰의 재제 권한을 강화하는 법률을 발의하자, 우리 지역구 국회의원에게 법안 투표에 반대하라는 이메일을 보냈다.

"이메일 주소는 어떻게 알았어?"

"국회의원의 이메일 주소는 누구나 알 수 있는 공공 정보야. 당연히 공개해야지."

자신의 정치적 의견을 타인에게 설득하는 일도 끊임없이 했다. 린아가 코로나 팬데믹 상황에서 정치적 실천으로 시작한 완전 채식은 주변에 큰 영향을 미쳐서 지금은 애린이도 나도 린아 친구들도 다 비건이 되었다. 각자 자기 논리를 가지고 선택한 것이지만, 처음에 린아가 영감을 준 것은 사실이다.(아시아의 여러 향신료를 기가 막히게 써서 훌륭한 비건 음식을 만들어 소개한 것도 주변 사람을 감화시키는 데 큰 기여를 했다.)

미래는 선택할 수 있다

이 아이는 정치를 어디서 배웠을까? 학교에서 배운 것은 아니다. SNS를 통해서 수많은 정보를 얻고, 여러 온라인 자료를 보며 스스로를 교육하고, 친구들과 이야기하면서 알게 된 것 같다. 그렇다고 앞으로 정치나 사회 운동을 하겠다는 지향이 있는 것도 아니다. 아이 주변에는 이런 친구가 많다. 다들 비슷하다. 나와는 완전히 다른 문화를 가진 세대임이 분명하다. 그런데 나는 (내 세대보다) 이들에게 더 믿음이 간다. 그래서 뒤쫓아 가면서 자꾸 배울 기회를 모색한다. 배우면 내가 더 좋은 사람이 될 것 같다.

팬데믹 초기에 나는, 미래는 우리가 '선택'할 수 있는 것인지, 아니면 그냥 '도래'하는 것인지 궁금했다. 학자들의 예측을 듣다 보면 어느 날 디스토피아가 도래할 것 같았다. 지금은 미래는 선택할 수 있는 것이라고 믿는다. 새로운 세대가 만들어 내는 오늘이 모여서 미래가 될 거다. 그 오늘을 함께 응원한다.

2021년 6월 21일

세상이 멈추자 당신이 보였다

이향규 에세이

초판 1쇄 발행 • 2022년 9월 8일

지은이 • 이향규
펴낸이 • 강일우
편집 • 엄일남 김필균
조판 • 이주니
펴낸곳 • (주)창비교육
등록 • 2014년 6월 20일 제2014-000183호
주소 • 04004 서울특별시 마포구 월드컵로12길 7
전화 • 1833-7247
팩스 • 영업 070-4838-4938 / 편집 02-6949-0953
홈페이지 • www.changbiedu.com
전자우편 • textbook@changbi.com

ⓒ 이향규 2022
ISBN 979-11-6570-155-0 03810